샐러리맨
시노다 부장의
식사일지

SALARYMAN · SHINODA BUCHO NO TEPPAN MESHI

© Naoki Shinoda 2016

First published in Japan in 2016 by KADOKAWA CORPORATION, Tokyo.

Korean translation rights arranged with KADOKAWA CORPORATION, Tokyo

through Shinwon Agency Co.

Korean edition copyright © 2018 by ARTBOOKS Publishing Corp.

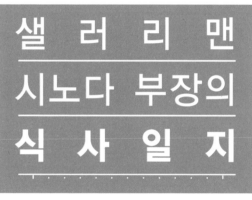

샐 러 리 맨
시노다 부장의
식 사 일 지

글·그림 **시노다 나오키** 옮긴이 박정임

앨리스

샐러리맨 시노다 부장의
믿고 먹는 요리

한국의 독자 여러분께.

한국의 독자 여러분 안녕하세요.

한국에서 저의 두번째 책이 출간된다는 소식을 듣고 무척이나 행복한 기분입니다.

하루하루의 식사를 기록한 지 어느덧 28년이 흘렀습니다. 원래는 다른 사람에게 보여줄 생각으로 시작한 것이 아니었던 까닭에 혼자 조용히 써왔던 식사일기였습니다. 그러던 것이 5년 전에 일본에서 첫 책이 출간된 이후 저의 식사기록이 사람들에게 알려지게 되었습니다. 그 후 '지금도 계속 쓰고 있습니까?'라는 질문을 자주 받습니다. 물론 지금도 매일 쓰고 있습니다. 특별히 그만둘 이유도 없고, 28년이나 해온 일을 멈추는 데에는 꽤 많은 에너지가 필요하기 때문입니다. 멈추는 것보다 계속하는 편이 편한 일도 있습니다.

하지만 오늘까지 해왔다고 해서 내일 이후로도 변함없이 할 수 있다는 보장은 없습니다. 이 식사일기를 계속 쓸 수 있다는 것은 제 자신이 계속 건강하고, 살고 있는 지역에 전쟁이나 테러도 없었을 뿐더러 심각한 자연재해를 당하지 않았다는 뜻이기도 합니다. 생각해보면 제가 이렇게나 오랫동안 매일 그날 그날 먹었던 음식을 그림으로 그리고, 맛이 있네 없네 하며 제멋대로의 평가를 적어갈 수 있었던 것은 기적에 가까운 일인지도 모릅니다.

저는 여행사에서 근무하고 있습니다. 최근 들어 많은 한국 관광객들이 일본에 오시지만, 제가 살고 있는 중부지방으로 오시는 분들은 아직 많지 않습니다. 제 책이 가이드북은 아닙니다만, 책에 나와 있는 식당 대부분은 이 지역에 있습니다. 누군가가 제 책을 보고 이곳에 흥미를 갖게 된다면 그보다 행복한 일은 없을 것입니다.

저의 은밀한 꿈은 이 책에 나와 있는 어딘가의 식당에서, 제 책을 보고 오셨다는 분과 우연히 만나게 되는 일입니다.

2018년 봄

시노다 나오키

평범한 샐러리맨이
매일 식사일기를 쓰기 시작한 지
마침내 25년, 50권의 노트가 완성되다

1990년 8월 18일부터 매일 먹었던 것을 대학노트에 그림과 문장으로 기록해왔다. 후쿠오카로 전근을 가게 된 것이 계기였다. 모처럼 후쿠오카에 살게 되었으니 현지의 맛있는 음식을 기록해두자고 생각했던 것이다. 사진을 찍거나 스케치를 해두거나 하지 않고 기억에만 의지해서 수성펜으로 한 번에 그리는 방식은 25년 동안 변함없다. 아무리 취했어도 30종류까지는 접시의 무늬까지 기억할 수 있다.

4년 전, NHK의 방송프로그램 「사라메시ㅅㅋㅅㅅㅅ」에 소개된 것이 계기가 되어 첫번째 책을 출간했다. 그리고 이번에, 여전히 쓰고 있는 기록을 다시금 상세하게 보여드리게 되었다. 첫번째 책 이후의 기록을 정리한 것인데, 비틀비틀 21세기를 살아가는 직장인들의 사실적인 식생활을 보다 구체적으로 볼 수 있으리라 생각한다. 사실 여행사에 근무하는 평범한 직장인인 나의 식사 기록 따위 공개한다고 무슨 의미가 있는지, 나는 아직 잘 모르겠다. 하지만 즐겁게 읽어주는 사람이 어딘가에 있다면, 나도 기쁜 마음으로 위장도 머릿속도 보여주지 않을 수 없다.

시노다 월드에 오신 것을 환영합니다.

일기에 자주 등장하는
인물 소개

나 ——————— 시노다 부장 본인. 원래는 ⓛ라는 표기를 쓰지만, 한
국어판에서는 '나'로 표기했다.

아내 ——————— 올해로 결혼 25주년이 된다. 아내의 말에는 거역하지
않는 것이 최고다.

큰딸 ——————— 올해 대학을 졸업하고 대학원에 진학할 예정. 그리고
차녀도 있다. 고맙게도 둘 다 나와 대화 상대를 해준다.

웃상 ——————— 30년 지기 친구. 음식 취향은 맞지 않지만 가끔 함께
밥을 먹는다.

M. 이노우에 ——————— Innover의 오너 셰프. 아내와 다섯 명의 자녀가 있다.

CA의 히오키 ——————— 업무상 만난 항공사의 담당 영업사원.

· 이 책은 『サラリーマン・シノダ部長のてんぱんメシ』(2016)를 우리말로 옮긴 것입니다. 원
서와 마찬가지로 시노다 부장이 매일 기록해온 일기를 거의 그대로 게재했습니다만 필요
에 따라 주석을 달아 한국 독자들의 이해를 돕고자 했습니다.

· 등장하는 메뉴의 명칭이나 내용, 가격 등이 변한 것도 있고 판매가 중지된 것도 있습니다.
또한 폐점한 식당도 있습니다만, 시노다 부장이 사랑한 메뉴와 식당으로서 봐주시면 고맙
겠습니다. 시노다 부장의 개인적인 느낌을 기록한 것이므로 책의 내용으로만 봐주시고 식
당에 문의하는 일은 삼가주시기 바랍니다.

일기에 자주 등장하는
시노다 부장의 추천 식당

INDEX

<胡蝶庵仙波> (고초안 센바)

주소 : 기후현 기후시 닛코초 3-26 (岐阜県岐阜市日光町3-26)　　전화번호 : 058-232-6776

휴일에 찾아가 차가운 사케를 마신 후에 먹는 데비키소바는 '맛있다'는 수준을 뛰어넘어 '대단하다'.

<越乃> (고시노)

주소 : 아이치현 나고야시 지쿠사구 하루오카 2-14-15 (愛知県名古屋市千種区春岡2-14-15)

전화번호 : 052-761-5878

미카와(三河)만, 이세(伊勢)만은 스시 재료의 보물창고라는 사실을 새삼 깨닫게 해준 식당.

<Innover>

주소 : 아이치현 나고야시 히가시구 다이칸초 29-18 시바타빌딩 1층 (愛知県名古屋市東区代官町
29-18 柴田ビル1F)　　전화번호 : 052-936-5038

'비스트로'로 자주 소개되었지만, 비스트로의 명칭을 쓴 적은 없는 듯하다. 나는 '부숑'(선술집)이라
고 생각한다.

<Tavola Calda MIYAKE>

주소 : 아이치현 나고야시 히가시구 다이칸초 27-12 호조빌딩A (愛知県名古屋市東区代官町27-
12 北條ビルA)　　전화번호 : 052-932-9533

내게는 일단 최고의 트리파 식당이다. 이곳의 트리파는 중독성이 있다.

<にい留> (니이토메)

주소 : 아이치현 나고야시 히가시구 이즈미 2-19-11 캐스트빌딩이즈미 2층 (愛知県名古屋市東区
泉 2-19-11 キャストビル泉 2F)　　전화번호 : 052-936-2077

나고야에서는 타의 추종을 불허하는 튀김 전문점. 그리고 항상 진화하고 있다.

<とんかつ松屋> (돈가스 마쓰야)

주소 : 기후현 기후시 쇼코초 2-14 (岐阜県岐阜市松鴻町2-14)　　전화번호 : 058-271-6731

돈가스도 맛있지만, 더없이 동네식당스러운 분위기에 매료되어 이곳을 드나드는 사람이 나만은
아닐 것이다.

<ビストロ プーフェ> (비스트로 푸페)

주소 : 아이치현 나고야시 지쿠사구 고요1-12-28 하이홈고요엔 1층 (愛知県名古屋市千種区向陽
1-12-28 ハイホーム向陽苑 1F)　　전화번호 : 052-763-2550
테린과 연어는 깜짝 놀랄 만큼 두툼하게 잘라 나온다. 와인 가격이 부담 없어서 좋다.

<とんかつ貴船> (돈가스 기부네)

주소 : 아이치현 니시카스가이군 도요마초토요바 이세야마 5번지 도요야마코포라스1층 (愛知県西
春日井郡豊山町豊場伊勢山5番地豊山コーポラス1F)　　전화번호 : 0568-28-1465
내가 생각하는 이상형에 거의 근접한 규동과 숙주 돈가스를 먹으러 휴일에 찾아가는 곳.

<GANDHAARA>

주소 : 아이치현 나고야시 나카무라구 마쓰바라초 1-49 (愛知県名古屋市中村区松原町1-49)
전화번호 : 052-483-4521
매주 금요일에만 먹을 수 있는 양고기 비리야니는 내가 가장 좋아하는 요리 중 하나다.

<洋食 うおひろ> (양식 우오히로)

주소 : 아이치현 나고야시 나카구 마루노우치 2-2-24 (愛知県名古屋市中区丸の内2-2-24)
전화번호 : 052-231-6363
햄버그스테이크, 라이스, 그라탱의 세 가지 양식을 동시에 먹을 수 있는 런치세트가 매력적.

<キッチンミルポワ> (키친 미르푸아)

주소 : 아이치현 나고야시 나카무라구 메이에키 5-28-1 메이에키 이스트빌딩 1층 (愛知県名古屋
市中村区名駅5-28-1 名駅イーストビル 1F)　　전화번호 : 052-583-0678
이곳의 소등심 다마리야키와 오므라이스는 무조건 먹어야 한다.

<滝家> (다키야)

주소 : 아이치현 나고야시 지쿠사구 나카타 2-17-3 우에다빌딩 1층(名古屋市千種区仲田2-17-3
ウエダビル1F)　　전화번호 : 052-761-0177
낮에는 카레우동 전문점이지만 밤에는 야키니쿠 식당으로 화려하게 변신하는 반전 식당.

차례

CONTENTS

4   한국의 독자 여러분께

6   평범한 샐러리맨이 매일 식사일기를 쓰기 시작한 지 마침내 25년, 50권의 노트가 완성되다

7   일기에 자주 등장하는 인물 소개

8   일기에 자주 등장하는 시노다 부장의 추천 식당

11   한 주의 시작, 활동적으로 움직이자 ——————— **월요일**

33   마음 내키는 대로 배부르게 먹고 싶다 ——————— **화요일**

51   위장도 마음도 편안하고 싶다 ——————— **수요일**

69   피곤할 때는 더욱 진한 맛을 음미하고 싶다 ——————— **목요일**

89   점심이든 저녁이든 화금을 만끽하고 싶다 ——————— **금요일**

115   조금 과음하면 어때 내일도 쉬는 날인데 ——————— **토요일**

123   부장이 되었어도 집에서는 여전히 평범한 아버지 —— **일요일**

131   **시노다 부장** ——————— **특별편**

162   마치며

32   칼 럼 1   밥을 말고 싶어지는 음식 베스트 3

50   칼 럼 2   새로운 식당을 개척할 때의 요령

68   칼 럼 3   식사일기를 쓰기 시작하면서 바뀐 점

88   칼 럼 4   간토 지역과 간사이 지역의 서로 다른 음식에 대해

114   칼 럼 5   다시 가고 싶은 식당의 세 가지 조건

122   칼 럼 6   휴일에 집에서 만드는 요리

130   칼 럼 7   그림으로 그리기 어려운 것, 그리고 포인트

月曜日

한 주의 시작,
활동적으로 움직이자

MONDAY

언제 누구와 마주칠지 알 수 없는 식당
사람 이름이 잘 생각나지 않아 곤란할 때가 있다

2014

0120 점심 〈맥도날드〉(JR나고야역 지점)

한입 덥석
베어 물고
맛있다고
생각
했다.
패티도
좋고
소스도
맛있다.
꽤 충실한
햄버거다.
한 끼 식사로서
충분한 만족감을 얻을 수 있다.

좋아하기는 하는데.

생양파,
달걀
프라이,
패
티
2
장.
치즈
더블
소스.

커피

다이너더블비프버
거와 클래식 프라이
with 치즈 세트(뜨
거운 커피) 810엔

JR나고야역의 다이코 출구에 있는 맥도날드는 늘
사람들로 북적인다. '꼭 이런 곳에서 식사를 해야
하나' 하고 항상 생각해왔는데, 의외로 나쁘지 않
다. 하지만 포테이토는 양이 조금 많다는 느낌.

2014

0623 점심 〈로멘엔소바路麺えんそば〉(2호점)

유부초밥이 2개

유부초밥
150엔

유부를
좋아
한다.
깨도
들어
있다.

고추냉이는 분말.
파를 썬 모양이 불규칙. 충분한 양.

大자는 소스도 두배!

소스에
좀더
정성을
들였다면
더할 나위 없겠지만.

자루소바(大)
590엔

마루노
우치를
걷다가
발견
한
식
당.
나쁘지
않다고
생각한다.
메밀은 워싱
턴주산이라고 한다.

생각지도 못한 사람을 생각지도 못한 곳에서 만나는 경우가 있어서 방심하면 안 된다.
특히 <다이파이톤大牌檔>에서는 아는 사람이나 거래처 사람과 마주칠 확률이 높다.
사람들이 가는 곳은 대체로 비슷한 모양이다.

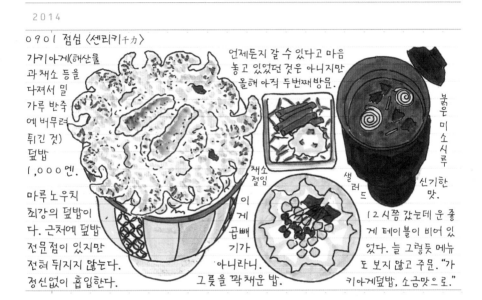

2014

0901 점심 〈센리키千力〉

가키아게(해산물
과 채소 등을
다져서 밀
가루 반죽
에 버무려
튀긴 것)
덮밥
1,000엔.

마루노우치
최강의 덮밥이
다. 근처에 덮밥
전문점이 있지만
전혀 뒤지지 않는다.
정신없이 흡입한다.

언제든지 갈 수 있다고 마음
놓고 있었던 것은 아니지만
올해 아직 두번째 방문.

채소
절임

이
게
곱빼
기가
아니라니.
그릇을 꽉 채운 밥.

샐
러
드

붉은
미
소
시
루

신기한
맛.

12시쯤 갔는데 운 좋
게 테이블이 비어 있
었다. 늘 그렇듯 메뉴
도 보지 않고 주문. "가
키아게덮밥, 소금맛으로."

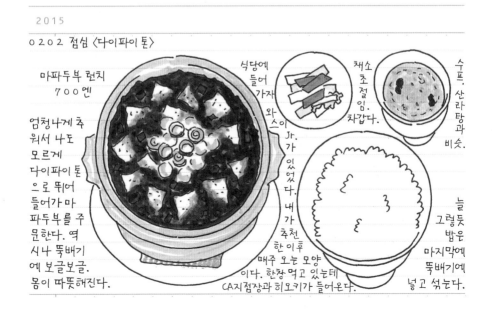

2015

0202 점심 〈다이파이톤〉

마파두부 런치
700엔

엄청나게 추
워서 나도
모르게
다이파이톤
으로 뛰어
들어가 마
파두부를 주
문한다. 역
시나 뚝배기
에 보글보글.
몸이 따뜻해진다.

식당에
들어
가자
와
스
아
Jr.
가
있
었
다.
내
가
추천
한 이후
매주 오는 모양
이다. 한창 먹고 있는데
CA지점장과 히오키가 들어온다.

채소
초
절
임.
차갑다.

수
프.
산
라
탕과
비슷.

늘
그렇듯
밥은
마지막에
뚝배기에
넣고 섞는다.

도시락은 일단 양이 많았으면 한다
가장 든든한 건 역시 커틀릿

1117 점심 〈린凛〉

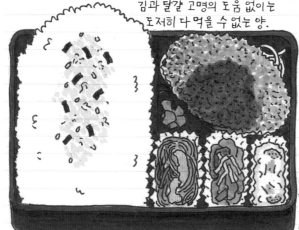

김과 달걀 고명의 도움 없이는
도저히 다 먹을 수 없는 양.

도시락(밥大) 650엔.
멘치카쓰는 크고 맛도 나쁘지
않다. 이전에 카레 토핑으로도
먹었지만 멘치카쓰를 좋아하는
나로서는 '오늘의 메뉴'에 멘치
카쓰가 있으면 반사적으로 그
것을 선택한다.

그
외
의
반
찬
은
거
의
채
소.

붉은
미소
시루는
맛과
농도는
좋지만
양이 적다.

0126 점심 〈오니기리 소혼케 おにぎり総本家〉

이
도
시
락,
엄청
무겁다.
밥이
꽉
차
있
다.

이
도시락
만큼은
꼭 먹어야 한다. 미소가쓰돈 500엔.

보통은 회사 밖에서 점심을 먹을 때가 많지만
가끔 회사 근처에서 파는 도시락으로 때울 때
도 있다. 제대로 점심식사를 할 시간도 없을
만큼 바빠서일 때도 있지만, 이따금씩 도시락
을 먹고 싶은 기분이 들 때도 있다. 가끔씩 그
러고 싶어진다. 근무하는 회사 근처에서 살
수 있는 도시락은 두 가지가 있는데, 하나는
오카의 슈마이 도시락. 이곳은 전부 가게에서
직접 만들어 팔기 때문에 뭐든 맛있지만 그중
에서도 큼직한 슈마이가 4개 들어 있는 도시
락은 탁월하다. 또하나는 오니기리 소혼케의
미소가쓰돈. 식어도 맛있다. 그리고 도시락을
들면 손에 전해지는 묵직함에 전부 먹어치우
겠다는 투지가 샘솟는다.

어렸을 때는 외식이라고 하면
햄버그스테이크였지

0714 점심 〈양식 우오히로洋食うおひろ〉

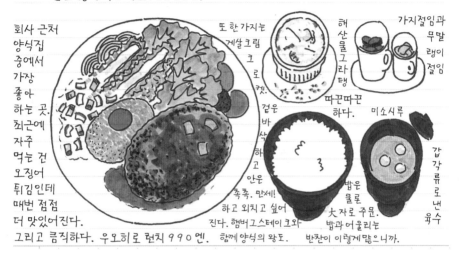

회사 근처 양식집 중에서 가장 좋아하는 곳. 최근에 자주 먹는 건 오징어 튀김인데 매번 점점 더 맛있어진다. 그리고 큼직하다. 우오히로 런치 990엔.

또 한 가지는 게살크림 크로켓. 겉은 바삭하고 안은 촉촉. 맛세! 하고 외치고 싶어진다. 햄버그스테이크와 함께 양식의 왕도.

해산물그라탱. 따끈따끈하다.

가지절임과 무말랭이절임

미소시루. 각각 류로 낸 육수

밥은 물론 大자로 주문. 밥과 어울리는 반찬이 이렇게 많으니까.

0629 점심 〈양식 우오히로〉

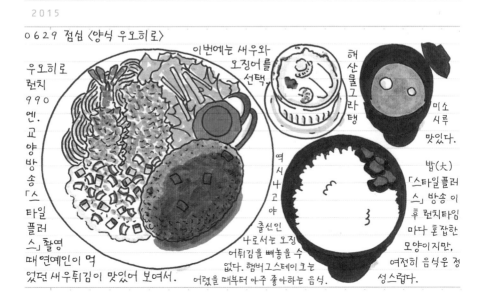

우오히로 런치 990엔. 교양방송 「스타일플러스」 촬영 때 연예인이 먹었던 새우튀김이 맛있어 보여서.

이번에는 새우와 오징어를 선택.

역시 나고야 출신인 나로서는 오징어튀김을 빼놓을 수 없다. 햄버그스테이크는 어렸을 때부터 아주 좋아하는 음식.

해산물그라탱

미소시루 맛있다.

밥(大) 「스타일플러스」 방송 이후 런치타임마다 혼잡한 모양이지만, 여전히 음식은 정성스럽다.

잊을 만하면 생각나는 이유는
중독성 강한 맛이기 때문이다

0414 점심 〈버거킹〉(오카나베점)

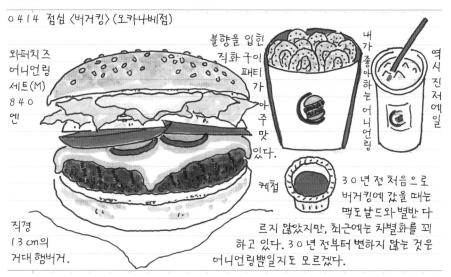

와퍼치즈
어니언링
세트(M)
840
엔

직경
13cm의
거대 햄버거.

불향을 입힌
직화구이
패티
가
아
주
맛
있
다.

케첩

내
가
좋
아
하
는
어
니
언
링

역
시
진
저
에
일

30년 전 처음으로
버거킹에 갔을 때는
먹도 날드와 별반 다
르지 않았지만, 최근에는 차별화를 꾀
하고 있다. 30년 전부터 변하지 않는 것은
어니언링뿐일지도 모르겠다.

0922 점심 〈다나베たなべ〉(사카에점)

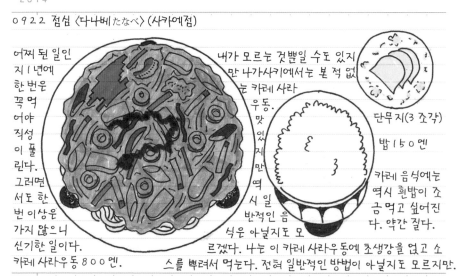

어찌 된 일인
지 1년에
한 번은
꼭 먹
어야
직성
이 풀
린다.
그러면
서도 한
번 이상은
가지 않으니
신기한 일이다.
카레 사라우동 800엔.

내가 모르는 것뿐일 수도 있지
만 나가사키에서는 본 적 없
는 카레 사라
우동.
맛
있
지
만
역
시
일
반적인 음
식은 아닐지도 모
르겠다. 나는 이 카레 사라우동에 초생강을 얹고 소
스를 뿌려서 먹는다. 전혀 일반적인 방법이 아닐지도 모르지만.

단무지(3 조각)

밥 150엔

카레 음식에는
역시 흰밥이 조
금 먹고 싶어진
다. 약간 질다.

1년에 한 번 정도밖에 가지 않지만 10년 이상 애용하는 식당이 몇 곳 있다.
일정한 주기로 미치도록 먹고 싶어지는 음식.
시대에 맞춰 변하는 메뉴도 있지만 몇 년 동안 변하지 않는 것도 있다.

1006 점심 〈하나이이치몬메 花いちもんめ〉

이곳은 계속 휴업 중이었는데 오랜만에 식당 앞을 지나다 보니 영업을 하고 있었다. 다행이다. 폐업이 아니었다.

보리멸튀김덮밥
600엔

니이토메와비교할 생각은 전혀 없다. 여기는 여기대로 좋다. 충분하다. 야들야들한 보리멸

4마리와 촉촉한 가지 1개.

병두부에 간장을 뿌려서.

배추와 당근절임. 차갑고 맛있다.

스파게티샐러드

밑반찬 2개.

붉은 미소시루. 모든 덮밥에 밑반찬과 붉은 미소시루, 채소절임이 같이 나온다. 가격 대비 훌륭하다.

0209 점심 〈이시카와 いし河〉

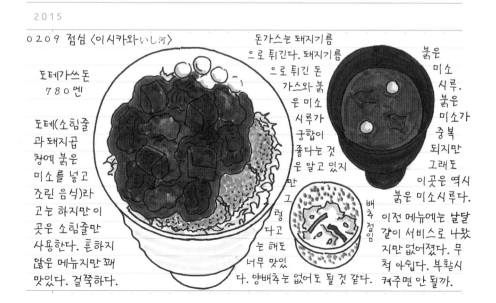

도테가쓰돈
780엔

도테(소힘줄과 돼지곱창에 붉은 미소를 넣고 조린 음식)라고는 하지만 이곳은 소힘줄만 사용한다. 흔하지 않은 메뉴지만 꽤 맛있다. 걸쭉하다.

돈가스는 돼지기름으로 튀긴다. 돼지기름으로 튀긴 돈가스와 붉은 미소시루가 궁합이 좋다는 것은 알고 있지만 그렇다고 해도 너무 맛있다. 양배추는 없어도 될 것 같다.

배추절임

붉은 미소시루. 붉은 미소가 중복되지만 그래도 이곳은 역시 붉은 미소시루다.

이전 메뉴에는 날달걀이 서비스로 나왔지만 없어졌다. 무척 아쉽다. 부활시켜주면 안 될까.

안스파*는 나고야 사람들의 소울 푸드다. 어렸을 때부터 먹어왔기 때문에
맛이 있고 없음을 초월한 맛이라고 생각한다. 좋아하는 음식은 아니지만
맹렬하게 배가 고플 때 왠지 이끌리듯 식당으로 들어가게 된다.

• 안카케스파게티. 두꺼운 면에 토마토베이스의 매콤한 소스를 버무린 음식. 나고야 명물.

2015

0309 점심 〈죠신야 淨心家〉

날달걀을 얹은
주카소바
(나고야 면)
730엔

淨心家

역시
평범한
주카소바가
가장 맛있다.
진심으로 맛있는
한 그릇이다. 날달
걀을 깨뜨려서 면에
섞어 먹는다.

올해로
개점한 지
13년째
라고
하니
2002
년에
영업을
시작한
것인데 나는
개점 당시부터 온
손님이다. 맛은 변함없다.
조금은 변했겠지만 맛의 수준은 안정되어 있다.
어쩌면 내가 가장 좋아하는 라멘집인지도 모른다.

소힘줄
덮밥
200
엔

이
소힘줄
덮밥이
변함없이
맛있다.

2015

0330 점심 〈플라워 フラワー〉

바이킹(점보)
950엔

왜 이 조합
을 바이킹
(뷔페)이라
고 부르는
지는 아쉽
게도 알 수
없지만 왠지
수긍하게 된다.
바이킹은 바이킹
인 것이다.

튀김은 한 가지.
새우튀김
입니다.

빨간
비엔나
소시지가
통째로 3개.

플라워의 안스파
는 10년도 더 전
에, 밤에 생맥주
무제한(천 엔)을
이용할 때 마무리
로 자주 먹었지만,
낮에 먹기는 처음
이다. 원래 안스파
를 자주 먹지 않지
만, 솔직히 싫지는
않다. 타바스코와
치즈가루를 듬뿍
뿌려서.

1년에 월요일은 52~53번이나 돌아오지만 조금도 좋아지지를 않는다.
그러니까 더욱 월요일 점심에는 만족스러운 음식을 먹으며 스스로를 북돋아줘야 한다.
내일은 어디로 갈까. 그래, 그곳으로 가자.

2015

ㅇ817 점심 〈히가시사쿠라 파쿠치 東桜パクチー〉

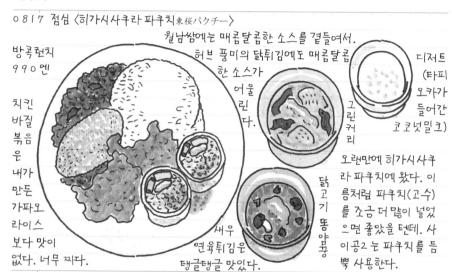

방콕런치
990엔

치킨
바질
볶음
은
내가
만든
가파오
라이스
보다 맛이
없다. 너무 짜다.

월남쌈에는 매콤달콤한 소스를 곁들여서.
허브 풍미의 닭튀김에도 매콤달콤한 소스가 어울린다.

디저트
(타피
오카가
들어간
코코넛밀크)

그린커리

새우
연유튀김은
탱글탱글 맛있다.

닭고기 똠얌꿍

오랜만에 히가시사쿠라 파쿠치에 왔다. 이름처럼 파쿠치(고수)를 조금 더 많이 넣었으면 좋았을 텐데. 사이공2 는 파쿠치를 듬뿍 사용한다.

2015

1005 점심 〈고라쿠테이 五楽亭〉

가쓰돈
880엔
내가 출연한 이후 매주 보고 있는「스타일플러스」에서 소개한 식당. 실은 15년 전에 한 번 왔었고, 그때도 가쓰돈을 먹었다.

달걀을 녹진녹진해질 정도까지만 익혔다.

딱 내 취향하지는 않지만 역시 기부네보다는 못하다. 15년 전의 감동까지는 아니지만 그런대로 인정.

다시마조림

이곳은 흔히 말하는 '식당'이다. 오스(大須)를 찾아온 관광객과 근처의 단골들로 북적거린다.

미소시루

삼일 연휴 동안에 기부네에 갔다와야겠다. 도저히 못 참겠다.

지갑도 위장도 하나뿐이지만
새로운 맛집 개척은 멈출 수 없다

0707 점심 〈GORDO CAFE〉

오늘의
정식
(+음료,
밥大)
900엔

낫토도
합격

돼지 고기 생강
구이는 진한
양념 맛이
밥과
잘
어울
린다.
맛있다.

반찬은 가쓰오
(글루텐에
밀가루
등을
넣고
찐 것)과 가지
조림. 반가운 반찬.

푸딩.
1인
당
(1개)

미소
시루

커
피

내가
좋
아
하
는
고두
밥.

가게는
후시미 지하상가 끝에 있다. 복고풍
지하상가의 복고풍 카페다. 카페를
운영하는 여주인은 어째서인지 머리를 짧
게 깎았다. 후시미 지하상가에 뉴욕시티 출현!

밥 大 자에 음료
포함 900엔.
완전 충분. 완전
만족. 완전 합격.

0811 점심 〈와카마루야 若丸屋〉

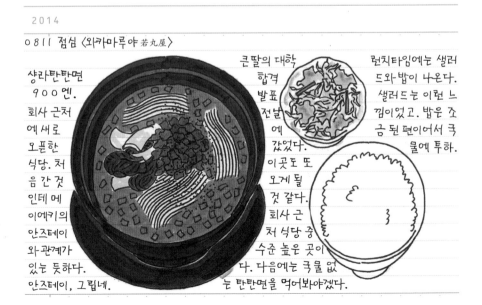

샹라탄탄면
900엔.
회사 근처
에 새로
오픈한
식당. 처
음 간 것
인데 메
이에키의
안즈테이
와 관계가
있는 듯하다.
안즈테이, 그립네.

큰딸의 대학
합격
발표
전날
에
갔었다.
이곳도 또
오게 될
것 같다.
회사 근
처 식당 중
수준 높은 곳이
다. 다음에는 국물 없
는 탄탄면을 먹어봐야겠다.

런치타임에는 샐러
드와 밥이 나온다.
샐러드는 이런 느
낌이었고. 밥은 조
금 된 편이어서 국
물에 투하.

무엇이 먹고 싶은지 명확하지 않을 때 모르는 곳에 들어가면
대부분 후회하는 일이 많지만, <키친겔랑キチンゲラン>은 정답이었다.
이날은 먹지 않았지만 '스파게티+라이스'라는 탄수화물덩어리의 메뉴도 매력적이다.

2015

0413 점심 <키친겔랑>

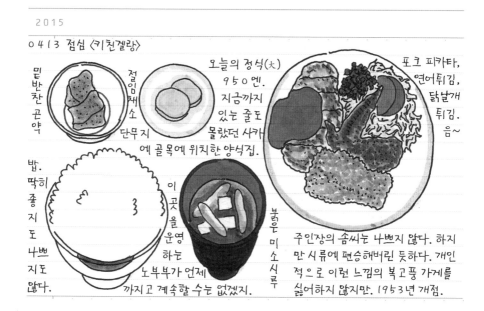

밑반찬 곤약

절임채소 단무지

오늘의 정식(大) 950엔. 지금까지 있는 줄도 몰랐던 사카에 골목에 위치한 양식집.

포크 피카타, 연어튀김, 닭날개 튀김. 음~

밥. 딱히 좋지도 나쁘지도 않다.

이 곳을 운영 하는 노부부가 언제 까지고 계속할 수는 없겠지.

붉은 미소 시루

주인장의 솜씨는 나쁘지 않다. 하지만 시류에 편승해버린 듯하다. 개인적으로 이런 느낌의 복고풍 가게를 싫어하지 않지만. 1953년 개점.

2015

0427 점심 <고시노야 越廼屋>

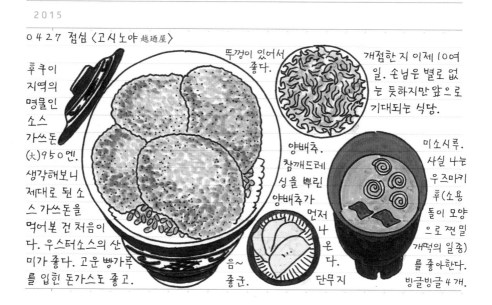

후쿠이 지역의 명물인 소스 가쓰돈 (大)950엔. 생각해보니 제대로 된 소스 가쓰돈을 먹어본 건 처음이다. 우스터소스의 산미가 좋다. 고운 빵가루를 입힌 돈가스도 좋고.

뚜껑이 있어서 좋다.

개점한 지 이제 10여 일. 손님은 별로 없는 듯하지만 앞으로 기대되는 식당.

양배추. 참깨드레싱을 뿌린 양배추가 먼저 나온다.

음~ 좋군.

단무지

미소시루. 사실 나는 우즈마키후(소용돌이 모양으로 찐 밀개떡의 일종)를 좋아한다. 빙글빙글 4개.

21 / MONDAY

회사 근처에 새로운 식당이 생기면 일단 가본다.
외관을 봤을 때 도저히 기대되지 않는 식당이 아닌 이상은,
또는 먼저 다녀온 동료들의 악평이 웬만한 이상은.

2015

0928 점심 〈SYACHI ICHI〉 (후시미점)

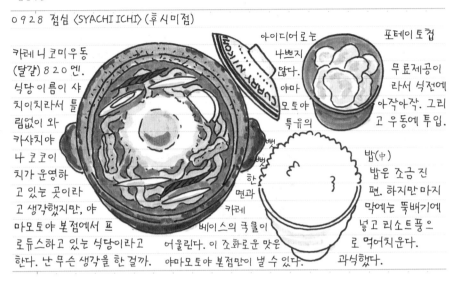

카레 니 코미 우동
(달걀) 820엔.
식당 이름이 샤
치이치라서 틀
림없이 와
카샤치야
나 코코이
치가 운영하
고 있는 곳이라
고 생각했지만, 야
마모토야 본점에서 프
로듀스하고 있는 식당이라고
한다. 난 무슨 생각을 한 걸까.

아이디어로는
나쁘지
않다.
야마
모토야
특유의

한
면과
카레
베이스의 국물이
어울린다. 이 조화로운 맛은
야마모토야 본점만이 낼 수 있다.

포테이토 칩
무료제공이
라서 식전에
아작아작. 그리
고 우동에 투입.

밥(中)
밥은 조금 진
편. 하지만 마지
막에는 뚝배기에
넣고 리소트풍으
로 먹어치운다.
과식했다.

2015

1012 점심 〈오가와·おがわ〉

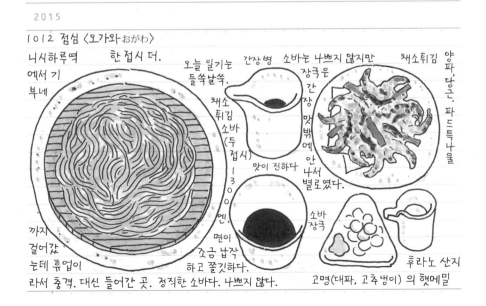

니시하루역
에서 기
부네

한 접시 더.

오늘 일기는
들쑥날쑥.

채소
튀김
소바
(두
접시)
1300
엔.

면이
조금 납작
하고 쫄깃하다.

간장병
장국은
간
장
맛밖
에 안
나서
별로였다.

소바는 나쁘지 않지만

맛이 진하다

소바
장국

채소튀김
양
파,
당근,
파 드득 나물

후라노 산지

까지
걸어갔
눈데 휴업이
라서 충격. 대신 들어간 곳. 정직한 소바다. 나쁘지 않다.

고명(대파, 고춧냉이) 의 햇메밀

처음 들어간 식당에서는 일단 맛만 없지 않으면 된다.
하지만 낙담할 것이 눈에 훤히 보이는군. 그렇게 투덜대면서도
나는 아직 내가 모르는 맛있는 식당이 있을 거라며 다시 새로운 곳을 찾아갈 것이다.

2015

1102 점심 〈조자마치 파쿠치長者町パクチー〉

파쿠치가 조자마치에도 생겨서 냉큼 달려간다. 런치 메뉴는 히가시사쿠라와 같다. 이곳은 역시.

방콕런치 990엔

그린 커리

디저트

본격 커리

타피오카가 들어간 코코넛밀크

월남쌈에는 스위트칠리소스를 뿌려서. 허브 풍미의 닭튀김은 큼직하고 새우완자 튀김은 탱글탱글, 바질칠리볶음도 맛있다.

닭고기 똠얌꿍

전부 맛있었다.

2015

1109 점심 〈마메종マメゾン〉 (가나야마점)

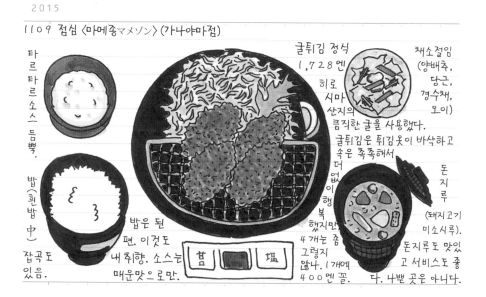

타르타르소스 듬뿍.

밥(흰밥 中)

잡곡도 있음.

굴튀김 정식 1,728엔 히로시마산지의 큼직한 굴을 사용했다. 굴튀김은 튀김옷이 바삭하고 속은 촉촉해서 더없이 행복했지만 4개는 좀 그렇지 않나. 1개에 400엔 꼴.

채소절임 (양배추, 당근, 경수채, 오이)

밥은 된 편. 이것도 내 취향. 소스는 매운맛으로만.

醬 塩

돈지루 (돼지고기 미소시루). 돈지루도 맛있고 서비스도 좋다. 나쁜 곳이 아니다.

맛, 사람, 분위기…
궁합이 맞아야 한다

2014

0602 점심 〈다키야〉

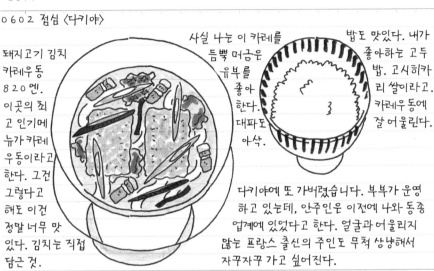

돼지고기 김치 카레우동 820엔. 이곳의 최고 인기메뉴가 카레우동이라고 한다. 그건 그렇다고 해도 이건 정말 너무 맛있다. 김치는 직접 담근 것.

사실 나는 이 카레를 듬뿍 머금은 유부를 좋아한다. 대파도 아삭.

밥도 맛있다. 내가 좋아하는 고두밥. 고시히카리 쌀이라고. 카레우동에 잘 어울린다.

다키야에 또 가버렸습니다. 부부가 운영하고 있는데, 안주인은 이전에 나와 동종업계에 있었다고 한다. 얼굴과 어울리지 않는 프랑스 출신의 주인도 무척 상냥해서 자꾸자꾸 가고 싶어진다.

2015

0223 점심 〈탄두르タンドゥール〉

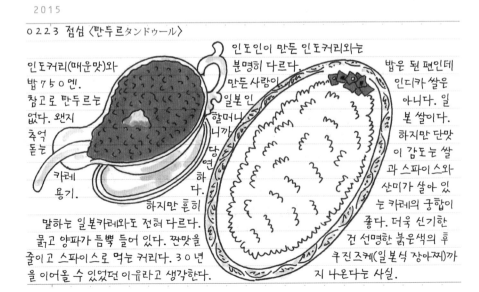

인도커리(매운맛)와 밥 750엔. 참고로 탄두르는 없다. 왠지 추억 돋는 카레 용기.

인도인이 만든 인도커리와는 분명히 다르다. 만든 사람이 일본인 할머니니까 당연하다. 하지만 흔히 말하는 일본카레와도 전혀 다르다. 묽고 양파가 듬뿍 들어 있다. 짠맛을 줄이고 스파이스로 먹는 커리다. 30년을 이어올 수 있었던 이유라고 생각한다.

밥은 된 편인데 인디카 쌀은 아니다. 일본 쌀이다. 하지만 단맛이 감도는 쌀과 스파이스와 산미가 살아 있는 카레의 궁합이 좋다. 더욱 신기한 건 선명한 붉은색의 후쿠진즈케(일본식 장아찌)까지 나온다는 사실.

보통은 맛이 좋거나, 사람이 좋거나, 식당 분위기가 좋거나 하는데,
어찌 된 일인지 처음부터 모든 게 다 맞아떨어지는 곳이 있다.
<Hashelle Cafe>는 여성들이 압도적으로 많이 찾는 곳인데도
그런 느낌이 드는 이유가 뭘까. 그래봐야 어차피 나만의 짝사랑이지만.

0511 점심 〈다이쇼켄大勝軒〉

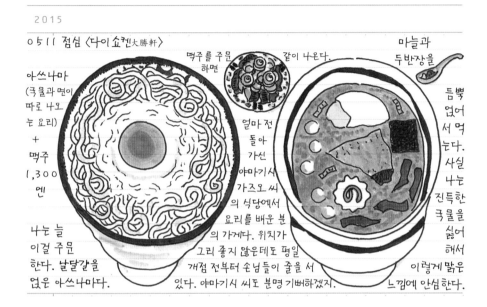

아쓰나마
(국물과 면이
따로 나오
는 요리)
+
맥주
1,300
엔

나는 늘
이걸 주문
한다. 날달걀을
얹은 아쓰나마다.

맥주를 주문
하면

같이 나온다.

얼마 전
돌아
가신
야마기시
가즈오 씨
의 식당에서
요리를 배운 분
의 가게다. 위치가
그리 좋지 않은데도 평일
개점 전부터 손님들이 줄을 서
있다. 야마기시 씨도 분명 기뻐하겠지.

마늘과
두반장을

듬뿍
얹
어
서
먹
는
다.
사
실
나
는
진득한
국
물
을
싫어
해서
이렇게 맑은
느낌에 안심한다.

1019 점심 〈Hashelle Cafe〉

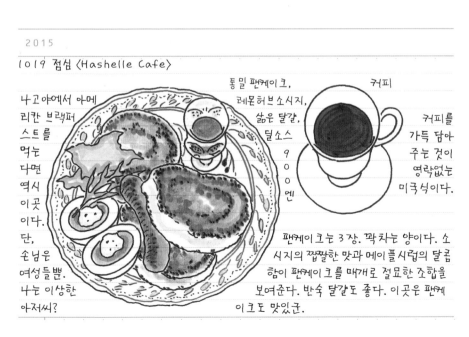

나고야에서 아메
리칸 브랙퍼
스트를
먹는
다면
역시
이곳
이다.
단,
손님은
여성들뿐.
나는 이상한
아저씨?

통밀 팬케이크,
레몬허브 소시지,
삶은 달걀,
덜소스

9
0
0
엔

커피

커피를
가득 담아
주는 것이
영락없는
미국식이다.

팬케이크는 3장. 꽉 차는 양이다. 소
시지의 짭짤한 맛과 메이플 시럽의 달콤
함이 팬케이크를 매개로 절묘한 조합을
보여준다. 반숙 달걀도 좋다. 이곳은 팬케
이크도 맛있군.

가끔은
소고기도 좋지 않은가

2013

1118 점심 〈마쓰야松屋〉 (히로코지점)

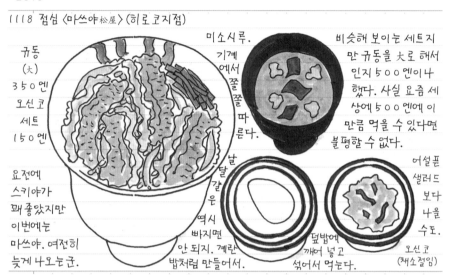

규동
(大)
350엔
오신코
세트
150엔

요전에
스키야가
꽤 좋았지만
이번에는
마쓰야. 여전히
늦게 나오는군.

미소시루.
기계
에서
쫄쫄 따
른다.

날
달
걀
은
역시
빠지면
안 되지. 계란
밥처럼 만들어서.

덮밥에
깨어 넣고
섞어서 먹는다.

비슷해 보이는 세트지
만 규동을 大로 해서
인지 500엔이나
했다. 사실 요즘 세
상에 500엔에 이
만큼 먹을 수 있다면
불평할 수 없다.

어설픈
샐러드
보다
나을
수도.

오신코
(채소절임)

2014

0317 점심 〈유하임그ーハイム〉 (마쓰자카야점)

마쓰자카규
(일본 3대
와규 중
하나로
꼽히는
브랜드)
미트파이
336엔.
나름 괜찮다.

삶은
달걀도
들어 있다.

신선한
시만토산
유채와
베이컨
키슈
294엔.
이건 맛있다.

이 두 가지는

고
베
규
야
키
친
제
품

일본산
소고
기와
가고
시마
흑돼지
미트
파이
262엔.
이건 별로다.

2년 전에 큰딸의 합격 발표를 기다리며
초조해하던 때에 메이테쓰나고야역 앞에 기간한정
으로 출점해 있던 유하임에서 테이크아웃으로 고베규 미트파이를 먹었다.
올해도 출점해 있어서 물론 구입했는데, 알고 보니 유하임은 마쓰자카야 본점에도 출점해 있
었고 더구나 그곳에는 마쓰자카규 미트파이가 있다는 것이 아닌가. 도저히 안 갈 수 없어서
만반의 준비를 하고 나갔다. 고베규와 비교해 어떻다느니 하는 건 제쳐두고 그냥 맛있다.

보통은 집에서든 밖에서든 동족상잔(돼지고기를 먹을 때 나는 이렇게 부른다)이 많지만,
가끔은 후하게 인심을 써서 소고기를 먹겠다고 생각할 때도 있다.
역시 소고기는 기분을 고양시킨다.

0428 점심 〈키친 미르푸아〉

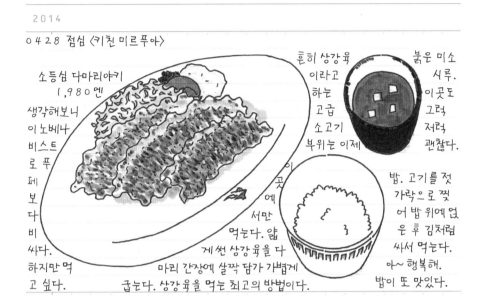

소등심 다마리야키
1,980엔
생각해보니 이 노베나 비스트로 푸페 보다 비싸다. 하지만 먹고 싶다.

이 곳 에 서만 먹는다. 얇게 썬 상강육을 다마리 간장에 살짝 담가 가볍게 굽는다. 상강육을 먹는 최고의 방법이다.

흔히 상강육이라고 하는 고급 소고기 부위는 이제

붉은 미소 시루. 이곳도 그럭저럭 괜찮다.

밥. 고기를 젓가락으로 찍어 밥 위에 얹은 후 김처럼 싸서 먹는다. 아~ 행복해. 밥이 또 맛있다.

1026 점심 〈그릴 아라벨 グリルアラベル〉(마루 노우치점)

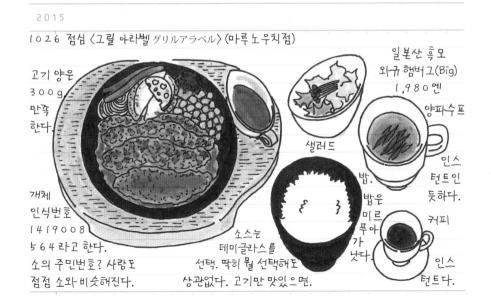

고기 양은 300g. 만족한다.

개체인식번호 1419008564 라고 한다. 소의 주민번호? 사람도 점점 소와 비슷해진다.

샐러드

소스는 데미글라스를 선택. 딱히 뭘 선택해도 상관없다. 고기만 맛있으면.

밥. 밥은 미르푸아가 낫다.

일본산 흑모 와규 햄버그(Big) 1,980엔

양파수프

인스턴트인 듯하다.

커피

인스턴트다.

돼지 귀부터 발끝까지 사용
너무도 애정하는 프렌치로 기분전환

0609 점심 〈Innover〉

푸페와 비교해서 어느
쪽이 낫다고
말하기는
어렵
다.
곁
들
이는
채소는
내가 좋아
하는 민들레.

Menu blanc
1,500엔

레귐(légume)
프레.
색채
가
조금
화려
해진 듯.

꽤
많은 양
이다. 점심인데도.

바
게
트

테린을 올려
먹으면
바게트가
아무리 많
아도 모자
라다. 정말
큰일이야.

미즈나미 보노포크
로스트

지방은 완
전히 제
거해서
전혀
느끼하
지 않
다. 원래
보노포크
는 비계가 맛있
어서 많이 먹어도 위
에 부담 없이 들어간다.

충격적인 소식. 오카니와 씨가 가업을
돕기 위해 한동안 가게를 그만둔다고 한다.
사실 이 노베의 절반은 오카니와 씨의 가게라고
할 수 있다. 앞으로
어떻게 되
려나. 10
주년을
앞두고
이 노베에
일대 전환기
가 찾아왔다.

캐러멜
크림

프티
디저트
(Petit
dessert)

에스프레소

프티 푸르(Petit
fours)

이것도
오카니와 씨가 만드는 건데.
앞으로 어떻게 하려나. 걱정이다.

프렌치는 역시 고기라고 항상 생각하지만,

가볍게 먹고 싶을 때 가끔은 생선류도 먹는다.

사실 <Innover>에서는 생선이라고 해서 결코 가벼운 요리라고 할 수 없지만.

0630 점심 <Innover>

Menu blanc
1,500엔

레킴 프레

시가현 산지의 은어 치어와 햇양파 마리네. 이런 식으로 요리한 것을 무척 좋아한다.

파프리카 마요네스도 좋군. 바게트로 깨끗하게 긁어먹는다.

생가지가 의외로 맛있다.

아이치현 산지의 은어에 빵가루를 입혀 구운 요리.

8월 말까지 있기로 했던 오카니와 씨가 갑자기 오늘까지만 있게 되었다는 소식을 듣고 깜짝 놀랐다. 솔직히 전채도 메인도 거의 맛을 느끼지 못했다. 그 정도로 오카니와 씨의 존재는 컸던 것이다. 앞으로 이 노베는 어떻게 될까. 여하튼 지금까지의 이 노베와는 다를 것이 확실하다. 다음에 올 생각을 하니 조금 두렵다.

여름 채소 소스. 이번에는 🐟🐟 생선. 더구나 은어, 은어. 일본 생선이 멋진 프랑스 요리가 되었다. 이것만은 파리나 리옹의 쓰리스타 레스토랑에 가도 맛볼 수 없는 맛이다. Au revoir Midori.

캐러멜 크림. 늘 나오는 디저트.

미스터 다나카도 없고. 하루카 씨도 최근에 보이지 않는 걸 보니 그만둔 모양이다. 한 시대가 확실하게 끝났다.

에스프레소

프티 푸르

프티 푸르는 앞으로 누가 만들까.

<Innover>에서는 돼지 귀부터 발끝까지 먹을 수 있다.
더구나 고기와 내장뿐만 아니라 피까지도 맛볼 수 있다.
이전에는 자주 눈앞에서 돼지 해체쇼를 해주곤 했는데….

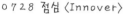

2014

0728 점심 <Innover>

레큄 프레

로스트비프
마리네
쥘레
콘소
메.

Menu blanc
1,500엔

안초비마
요네즈
는 생
채소에
도 어
울리지
만 바게
트에도 어울린
다. 물론 깨끗하
게 긁어 먹는다.

이건
여름에
제격이다.

무엇
보다
날이 더워서
차가운 전채가 엄청 좋았다.
C'est Succulent ! (최고)

오카니와 씨가 떠난 뒤 첫 방
문. 왠지 두려워서 4주 동
안이나 오지 않았다. 급
격하게 침체된 느낌이
다. 오카니와 씨가 없는
것만으로 내 기분이 큰
영향을 받는 듯하다.

뵈프 미로통 버터

밥 투입.
말하자면
고급 해시
라이스 같
은 느낌. 고
기도 듬뿍.
충분히 만족스
러운 메뉴.

최근 1~2년
프티 푸르가 같은 것으로 고정된 것도
조금
아쉽다.
비프스테이크
프리츠도 없어졌고. 그래도 빠르게 나오는
메뉴로 이 정도 맛과 양이면 불만은 없지만.

프티
디저트
(크림 캐러멜)

프티
푸르

에스프레소

밤에도
와야겠다
고 생각하며
식당을 나온다.

개점 당시부터 홀을 책임지던 오카니와 씨가 개인적인 일로 그만둔 지 1년이나 지났다.
그의 존재가 얼마나 컸는지 새삼 느낀다.
자리가 꽉 찼을 때 손님을 돌려보내는 솜씨가 능숙했었지.

0929 점심 〈Innover〉

Menu blanc
1,500엔.
나의 52번
째 생일.
이 노베
에서
점심을
먹는다.
이번에는 오
늘로 일본 취항 40주년을 맞이한 CAAC에서
쏘는 것.

레킴 프레

왠지 이것
이 없으
면 허전
하다. 역
시 허겁지
겁 먹는다.

돼지 혀
빵 샐러드

늘
그렇듯
전채에
서 이미
충분히
만족한다.

가르뷔르
(Garbure)

요전에 BON
DABON에서 잔
뜩 받았던 각
설탕(La
Perruche)
조각을 사
용. 참을
수 없는 맛
이다. 색상
이 화려하다.
우후후.

이
노
우에
씨의
서비스.
하얀 강낭콩이 좋군.

로스트비프
서양 고추
냉이
소스

촉촉
하다.
1,500
엔 짜리 런
치의 메인으로
서는 매우 훌륭.

늘 생일이면 먹는 디저트지
만. 행복한 생일에 오카니
와 씨의 부재를 느낀다. 오
카니와 씨가 있을 때는 'Bon
anniversaire'라고 써주었
었지. 양초는 늘 2개.

Happy Birthday

그러고
보니 내가
이 식당에
처음 와서
오카니와 씨를
본 날도 9월 29일이었다.

포티 푸르
에스프레소

이곳에
처음 온 지
만 6년이다.
세월 빠르네.

밥을 말아 먹고 싶어지는 음식
베스트 3

밥을 투하하고 싶어지는 음식

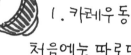

1. 카레우동

처음에는 따로따로 먹지만
우동을 다 먹고 그릇에
남은 국물을 보면 밥을 말지
않고는 성에 차지 않는다.
그래서 밥을 남겨둡니다.

2. 마파두부

보통은 밥에 얹어
먹지만 나는 밥을 마는 파.

3. 커넬 (아메리케누 소스)
●quenelle, 간 생선이나 고기에 달걀, 크림
등을 넣고 부드럽게 만들어 양념한 덤플링.

접시를
핥은
것처럼
깨끗해
집니다.

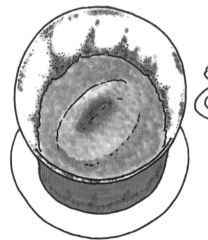

부글부글 끓고 있는
아메리케누 소스와의
궁합도 뛰어납니다.
흰밥은 일식, 양식, 중식
무엇이든 어울리죠.

火曜日

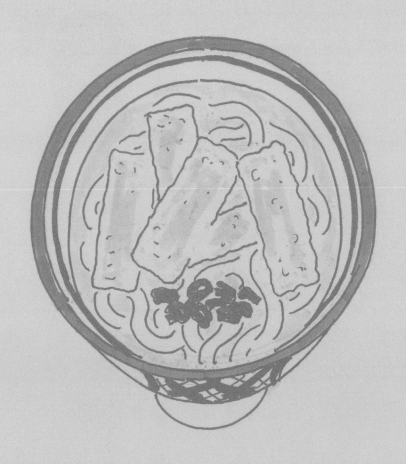

TUESDAY

몸과 마음이 충전을 원할 때
가쓰돈이 먹고 싶어진다

0422 점심 〈기부네〉

녹차로
한숨
돌린
다.

식사일기를 쓰기 전부터 다녔고, 또한 매
년 반드시 방문하는 식당은 체인점을 제
외하면 기부네가 유일하다. 열흘 뒤면 개
점 27주년을 맞는 이곳을 나는 개점한
해의 10월부터 드나들고 있다. 내게는 가
장 소중한 식당 중 한 곳이다. 앞으로도.

붉은 미소시루

의외로 붉은
미소시루가
맛있는 식당
은 많지 않다.
그래서 더욱 이
곳이 고맙다.

가쓰돈
(보통)
850엔

TV방송 출연을
싫어하는 주인을
설득해서 광고 촬
영 협조를 받았다.
CM이라고는 해도 식
당 이름이 나오는 것은
아니어서 폐를 끼치지는 않
겠거니 생각해서 부탁했는데,
다행히 흔쾌
히 협조해
주었다.

촬영이니 어쩔 수 없지만,
만든 직후 바로 먹을 수 없
었던 것은 역시 조금 아쉽
다. 하지만 꽤 시간이 흘렀는
데도 맛이 있다는 것은 대단하
다. 이 정도면 배달시켜 먹어도
충분히 맛있겠군. 물론 그렇게는
하지 않는다.

'소리'가 테마였기 때문
에 기부네밖에 없다고
생각했다. 탕탕탕 고
기를 두들기는 소리.
통통통 하고 리드미컬하
게 양파를 써는 소리. 잘각잘각

숙주 돈가스 한
조각을 시식
용으로 받
았다. 맛
있어. 역시
맥주가 당
긴다.

달걀을 푸는 소리. 그리고 그 무엇보다 지글지글하고
돈가스를 튀기는 소리. 나는 이번 촬영 때 일부러 요리하는 모습을 보지 않았다. 보지 않고 소
리를 듣는 것만으로도 요리가 어느 정도로 진행되고 있는지 빤히 알 수 있다. 지켜보고 싶은
마음을 꾹 참고 소리만 들으면서 여러 가지로 상상을 하는 것이 왠지 더 즐거운 기분이 든다.

죽기 직전의 마지막 식사는 가쓰돈. 이것이 나의 은밀한 소망이다.
딱히 엄청나게 고급스럽지 않아도 된다.
적당한 가쓰돈을 허겁지겁 먹고 푹 쓰러지는 것이 나의 꿈이다.

2014

0708 점심 〈사노야さのや〉

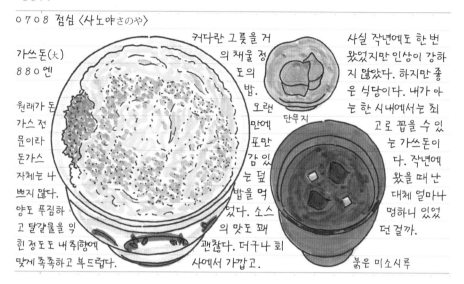

가쓰돈(大)
880엔

원래가 돈가스 전문이라 돈가스 자체는 나쁘지 않다. 양도 푸짐하고 달걀물을 익힌 정도도 내 취향에 맞게 촉촉하고 부드럽다.

커다란 그릇을 거의 채울 정도의 밥. 오랜만에 포만감 있는 덮밥을 먹었다. 소스의 맛도 꽤 괜찮다. 더구나 회사에서 가깝고.

단무지

붉은 미소시루

사실 작년에도 한 번 왔었지만 인상이 강하지 않았다. 하지만 좋은 식당이다. 내가 아는 한 시내에서는 최고로 꼽을 수 있는 가쓰돈이다. 작년에 왔을 때 난 대체 얼마나 멍하니 있었던 걸까.

2015

0805 점심 〈마루카満留加〉

가쓰돈

소스에는 거의 단맛이 없다. 강직한 맛이다. 자루소바와 세트로 700엔.

오전 11시 10분 정도에 갔는데도 이미 거의 만석. 엄청 난 곳이다. 간판도 안 나와 있는데 다들 어떻게 알고.

단무지

소바장국
(대파, 가루
고춧병이)

자루소바

단품으로 450엔. 충분한 맛과 양. 메밀당수도 제대로 나오고.

대파를 썬 모양은 고르지 않다.

국수물은 진한 타입.

'가라아게 마운틴'이라는
이름만으로 심장이 뛴다

0407 점심 〈도릿파 とりっぱ〉 (후시미점)

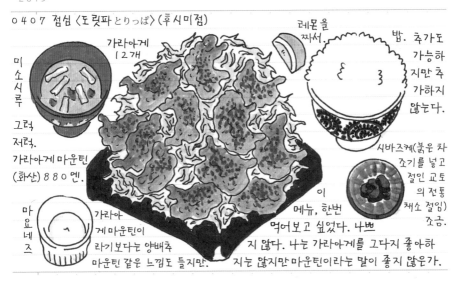

미소시루

가라아게
12개

레몬을
짜서.

밥. 추가도
가능하
지만 추
가하지
않는다.

그럭
저럭.
가라아게마운틴
(화산) 880엔.

시바즈케(붉은 차
조기를 넣고
절인 교토
의 전통
채소 절임)
조금.

마요네즈

가라아
게마운틴이
라기보다는 양배추
마운틴 같은 느낌도 들지만.

이
메뉴, 한번
먹어보고 싶었다. 나쁘
지 않다. 나는 가라아게를 그다지 좋아하
지는 않지만 마운틴이라는 말이 좋지 않은가.

0804 점심 〈도릿파〉 (메이에키점)

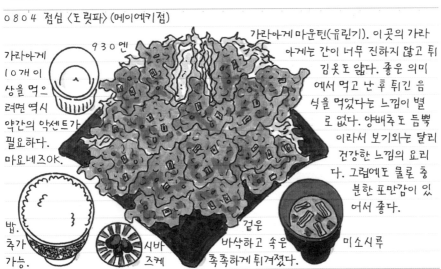

가라아게
10개 이
상을 먹으
려면 역시
약간의 악센트가
필요하다.
마요네즈OK.

930엔

가라아게마운틴(유린기). 이곳의 가라
아게는 간이 너무 진하지 않고 튀
김옷도 얇다. 좋은 의미
에서 먹고 난 후 튀긴 음
식을 먹었다는 느낌이 별
로 없다. 양배추도 듬뿍
이라서 보기와는 달리
건강한 느낌의 요리
다. 그럼에도 물론 충
분한 포만감이 있
어서 좋다.

밥.
추가
가능.

시바
즈케

겉은
바삭하고 속은
촉촉하게 튀겨졌다.

미소시루

잎사귀와 미인에 약한 시노다…
무조건 믿어버린다

0624 점심 〈오이시大石〉

세이로소바(大) 940엔

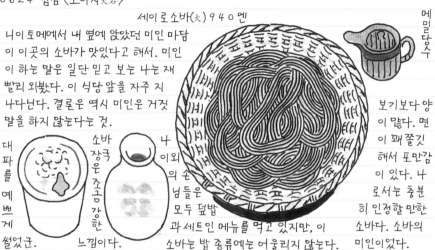

니이토메에서 내 옆에 앉았던 미인 마담이 이곳의 소바가 맛있다고 해서. 미인이 하는 말은 일단 믿고 보는 나는 재빨리 와봤다. 이 식당 앞을 자주 지나다닌다. 결론은 역시 미인은 거짓말을 하지 않는다는 것.

메밀당수

대파를 예쁘게 썰었군.

소바장국은 조금 강한 느낌이다.

나 이외의 손님들은 모두 덮밥과 세트인 메뉴를 먹고 있지만, 이 소바는 밥 종류에는 어울리지 않는다.

보기보다 양이 많다. 면이 꽤 쫄깃해서 포만감이 있다. 나로서는 충분히 인정할 만한 소바다. 소바의 미인이었다.

0113 점심 〈우마이야鵜舞屋〉(JR기후역)

원래부터 나는 잎으로 감싼 음식에 약하다. 잎사귀만 보면 왠지 흥분이 된다.

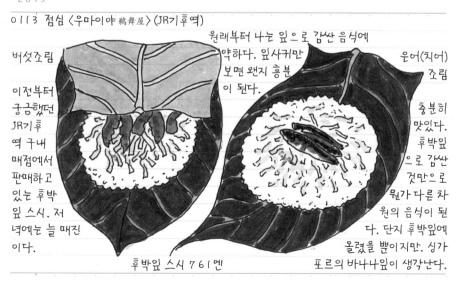

버섯조림

이전부터 궁금했던 JR기후역 구내 매점에서 판매하고 있는 후박잎 스시. 저녁에는 늘 매진이다.

운어(치어)조림

충분히 맛있다. 후박잎으로 감싼 것만으로 뭔가 다른 차원의 음식이 된다. 단지 후박잎에 올렸을 뿐이지만. 싱가포르의 바나나잎이 생각난다.

후박잎 스시 761엔

순식간에 타임 슬립!
문득 옛날을 떠올린다

0603 점심 〈신슈 오라가소바 信州おらがそば〉(선로드)

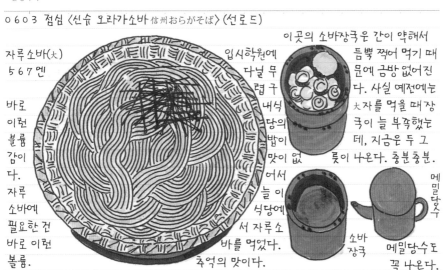

자루소바(大)
567엔

바로 이런 볼륨감이다. 자루소바에 필요한 건 바로 이런 볼륨.

입시학원에 다닐 무렵 구내식당의 밥이 맛없어서 늘 이 식당에서 자루소바를 먹었다. 추억의 맛이다.

이곳의 소바장국은 간이 약해서 듬뿍 찍어 먹기 때문에 금방 없어진다. 사실 예전에는 大자를 먹을 때 장국이 늘 부족했는데, 지금은 두 그릇이 나온다. 충분충분.

소바장국

메밀당수구

메밀당수도 꼭 나온다.

0819 점심 〈돈가스 마쓰야〉

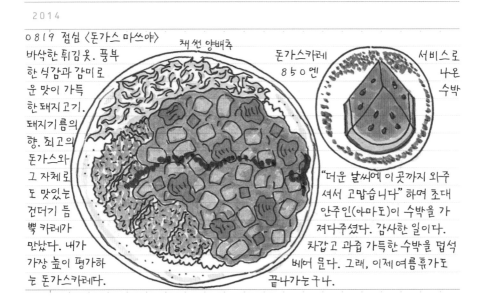

채 썬 양배추

돈가스카레
850엔

서비스로 나온 수박

바삭한 튀김옷. 풍부한 식감과 감미로운 맛이 가득한 돼지고기. 돼지기름의 향. 최고의 돈가스와 그 자체로도 맛있는 건더기 듬뿍 카레가 만났다. 내가 가장 높이 평가하는 돈가스카레다.

"더운 날씨에 이곳까지 와주셔서 고맙습니다" 하며 초대 안주인(아마도)이 수박을 가져다주셨다. 감사한 일이다. 차갑고 과즙 가득한 수박을 덥석 베어 문다. 그래, 이제 여름휴가도 끝나가는구나.

53년을 살았더니 여러 가지 음식이 추억으로 이어져서 먹는 순간 맛의 기억이 함께 되살아날 때가 있다. 식사일기 25주년 기념일에는 기록을 시작한 날과 마찬가지로 멘치카쓰를 먹으며 그때의 신선한 기분을 떠올린다.

2014 ● 가고시마 방송

0902 점심 〈스즈야すずや〉

오코노미야키 정식(大) 650엔.

돼지고기와 오징어가 곳곳에 숨어 있다. 하지만 거의 양배추.

지난주, KTS●의 야마오카 이사무를 따라 왔던 곳인데, 쇼와 시대 느낌의 예스러운 분위기가 마음에 들어서 다시 방문. 오코노미야키도 추억의 맛이다. 이런 식의 오코노미야키는 오랜만이군.

붉은 미소 시루

가정식 느낌.

밥

탄수화물 중복은 피하는 편이지만, 소스가 밥과 어울린다.

2015

0818 점심 〈야마야やまや〉

우엉 조림

식사일기 25주년을 기념하기 위해 25년 전 첫 일기에 쓴 멘치카쓰를 먹었다.

하지만 이제 겨우 25주년이다.

크기는 엄청 크다. 멘치카쓰에 뿌려져 있는 것은 다름 아닌 유자후추. 어울린다고도 어울리지 않는다고도 말하기 어렵다. 뭐, 괜찮은 것 같기도.

멘치카쓰 정식 1,000엔

미소 무한리필의 명시루 란젓과 갓 고추볶음을 밥 위에 빼곡하게 올려 쓸어 담듯이 먹는다. 염분이 조금 과했나.

쉽게 만날 수 없는
대박 인기의 맛

0520 점심 〈다이키치大吉〉

오랜만에 온 다이키치. 늘 손님들로 북적여서 발길이 잘 향하지 않는다. 하지만 월등하게 맵고 확실히 맛있다.

다이키치 라멘 980엔

면은 조금 납작한 면. 매운 국물이 잘 스며든다. 앗, 매워!

시바 즈케

밥 세트

런치타임에 는 밥이 무한리필. 날달걀도 무한리필. 라멘이 아주 맵기 때문에 달걀을 얹은 밥이랑 어울린다. 두 그릇이나 먹어 버렸다.

0203 점심 〈페킨 본점北京本店〉

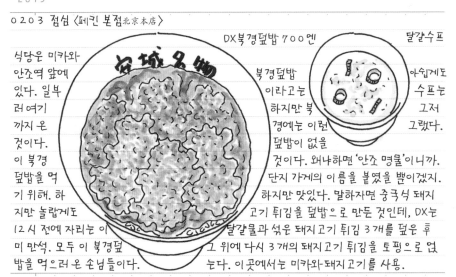

식당은 미카와 안조역 앞에 있다. 일부러 여기까지 온 것이다. 이 북경덮밥을 먹기 위해. 하지만 놀랍게도 12시 전에 자리는 이미 만석. 모두 이 북경덮밥을 먹으러 온 손님들이다.

安城名物

DX북경덮밥 700엔

북경덮밥 이라고는 하지만 북경에는 이런 덮밥이 없을 것이다. 왜냐하면 '안조 명물'이니까. 단지 가게의 이름을 붙였을 뿐이겠지. 하지만 맛있다. 말하자면 중국식 돼지고기 튀김을 덮밥으로 만든 것인데, DX는 달걀물과 섞은 돼지고기 튀김 3개를 덮은 후 그 위에 다시 3개의 돼지고기 튀김을 토핑으로 얹는다. 이곳에서는 미카와 돼지고기를 사용.

달걀수프

아쉽게도 수프는 그저 그랬다.

소풍을 갈 때는 역시
샌드위치나 오니기리!

2015

0512 점심 〈오카 おか〉

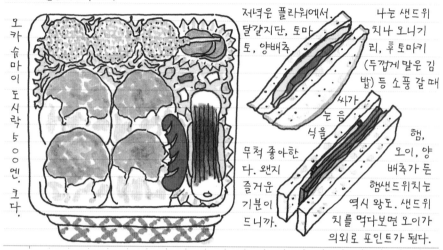

오카슈마이 도시락 500엔. 크다.

저녁은 플라워에서. 달걀지단, 토마토, 양배추.

무척 좋아한다. 왠지 즐거운 기분이 드니까.

씨가 눈을 식을

나는 샌드위치나 오니기리, 후토마키(두껍게 말은 김밥) 등 소풍 갈 때

햄, 오이, 양배추가 든 햄샌드위치는 역시 왕도. 샌드위치를 먹다보면 오이가 의외로 포인트가 된다.

2015

0825 점심 〈니시아사히 西アサヒ〉

달걀을 몇 개나 사용한 걸까?

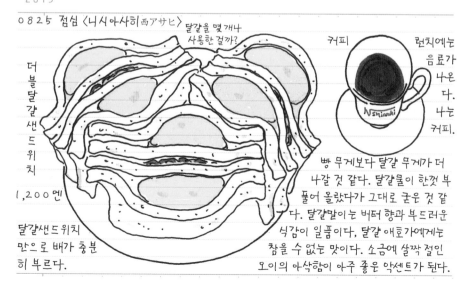

더블달걀샌드위치

1,200엔

달걀샌드위치 만으로 배가 충분히 부르다.

커피

런치에는 음료가 나온다. 나는 커피.

빵 무게보다 달걀 무게가 더 나갈 것 같다. 달걀물이 한껏 부풀어 올랐다가 그대로 굳은 것 같다. 달걀말이는 버터 향과 부드러운 식감이 일품이다. 달걀 애호가에게는 참을 수 없는 맛이다. 소금에 살짝 절인 오이의 아삭함이 아주 좋은 악센트가 된다.

53세, 시노다의 도전인가
무한리필에서 곱빼기까지

2014

1007 점심 〈고쿠부토다쿠류極太濁流〉

쓰케멘
(500g)
770엔

세상의 음식
들이 유행
하면
왠지
내가
싫어
하는 방
향으로 진
화한다. 팬케이

왜 꽃무늬
접시지?

면은 1인분 보
통이 500g.
충분한 양
이다. 나
뿐만은
아니겠지
만, 쓰케
멘은 밥이랑
먹을 수 없기
때문에 면의 양

크는 너무 폭신폭신해졌고 쓰케멘 국물은 끈
적끈적해졌다. 양이 많을 것 같아서 들어간 식당.
이곳의 국물은 그다지 끈적끈적하지 않아서 나쁘지
않았다. 원래 쓰케멘을 싫어하지 않는다. 다시 올까?

이 적으면 실망하게
된다. 500g은 나쁘지
않다. 아니, 충분하다.

2014

1111 점심 〈사쿠라스이산さくら水産〉 (니시키점)

런치A 500엔

100엔에 밥과 달걀이 무한리
필. 위대한 위장을 가진 나로
서는 완벽하게 본전을 뽑을 수
있다. 바삭바삭한 김과 오이도
무한리필
이다.
이번
에

런치A의 메인은 청어 소금구이. 늘
시시한 튀김 종류만 먹었는데 생각
해보니 이 식당은 해산물이 주력인
곳이다. 청어는 큼직하고 이리도
커서 아주 좋았다. 이 한 접시에 천
엔이라고 해도 이상하지 않다. 조금도.

미소
시루

기계
에서
나오는
미소시루가
맛있을 리가 없지만.

는
밥
맛도
나름
괜찮
았고.

맛있는 것을 많이 먹기 위해서라면 한 끼 정도 굶어도 좋다고 생각하는 나는
역시 조금 이상한 53세인 걸까. 아니면 단지 식탐을 부리고 있는 것일까.

2015

0210 점심 〈카페테라스닷카 カフェテラスダッカ〉

이탈리안버그
900엔

햄버그
스테
이크
는 완전
히 감
춰
져
있다.

제법
먹는다.
오후의 행동에
꽤 지장을 초래하는 식당이다.
나는 언제까지 이런 바보짓을 계속할까.

이곳의 메뉴는 해마다 거대해지
는군. 이 이탈리안버그는 大
자도 뭐도 아니지만 52세의
내게는 한계에 도전하는 수준
이다. 뭐 하지만 나도 아직은

세
트
라
이
스
200
엔.

이것도
양이 꽤 많다.

2015

0217 점심 〈LAYER'S〉

『분노의 포도』
를 읽다보
니 맛있
는 햄
버
거
가 먹
고 싶
어져서
LAYER'
S로. 고후
쿠초도리를
따라 올라가다
면 있는 햄버거 가게.

아보카도버거 1,000엔

LAYER'S에
서 햄버거
를 먹는
건 오랜
만이다.
최근 들어 로코모코만 먹다보
니. 하지만 역시 이곳의 햄버
거는 맛있다. 포만감이 있는 소
고기 패티와 아삭아삭한 채소. 부
드럽게 융화되는 아보카도는 필수
아이템이다. 물론 나는 이곳에서 부르터
서 갈라진 입가의 상처를 더 악화시켰지만.

커피는
뜨거운
걸로.

추우
니까.

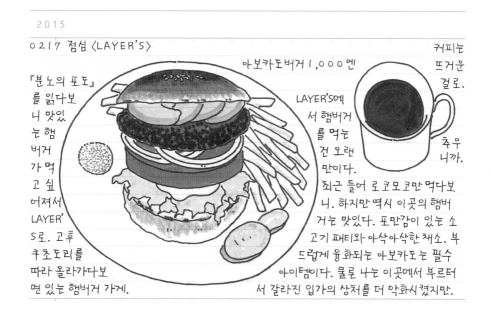

음식이 나온 순간 '우와'하고 생각할 정도의 양이 딱 좋다.
'허억'하는 생각이 들 정도거나 식은땀, 비지땀을 흘릴 것 같은 양은 위험하다.
대식가도 일단은 살아야 하니까.

0324 점심 〈초모란멘ちょもらん麺〉 카레라이스

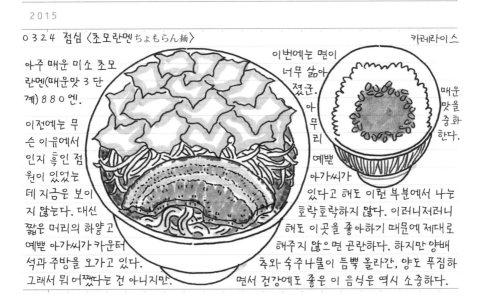

아주 매운 미소 초모란멘(매운맛 3단계) 880엔.

이전에는 무슨 이유에서인지 흑인 점원이 있었는데 지금은 보이지 않는다. 대신 짧은 머리의 하얗고 예쁜 아가씨가 카운터석과 주방을 오가고 있다. 그래서 뭐 어쨌다는 건 아니지만.

이번에는 면이 너무 삶아졌군. 아무리 예쁜 아가씨가 있다고 해도 이런 부분에서 나는 호락호락하지 않다. 이러나저러나 해도 이곳을 좋아하기 때문에 제대로 해주지 않으면 곤란하다. 하지만 양배추와 숙주나물이 듬뿍 올라간, 양도 푸짐하면서 건강에도 좋은 이 음식은 역시 소중하다.

매운맛을 중화한다.

1110 점심 〈센리키〉

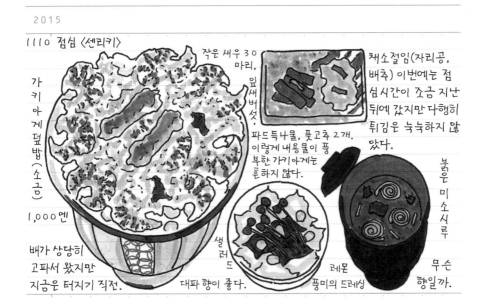

가키아게덮밥(소금)

1,000엔

배가 상당히 고파서 왔지만 지금은 터지기 직전.

작은 새우 30마리, 잎새버섯, 파드득나물, 풋고추 2개. 이렇게 내용물이 풍부한 가키아게는 흔하지 않다.

채소절임(자리공, 배추) 이번에는 점심시간이 조금 지난 뒤에 갔지만 다행히 튀김은 눅눅하지 않았다.

샐러드
대파 향이 좋다.

레몬 풍미의 드레싱

붉은 미소시루
무슨 향일까.

어렸을 때는 소노야마 슌지 원작의 만화영화 『개구쟁이 삐뽀』에
나오는 커다란 뼈다귀에 붙은 고기를 동경했었다.
나고야에서 먹을 수 있는 뼈가 붙은 고기는 닭날개뿐만이 아니다.

2015

1006 점심 〈La Pêche〉

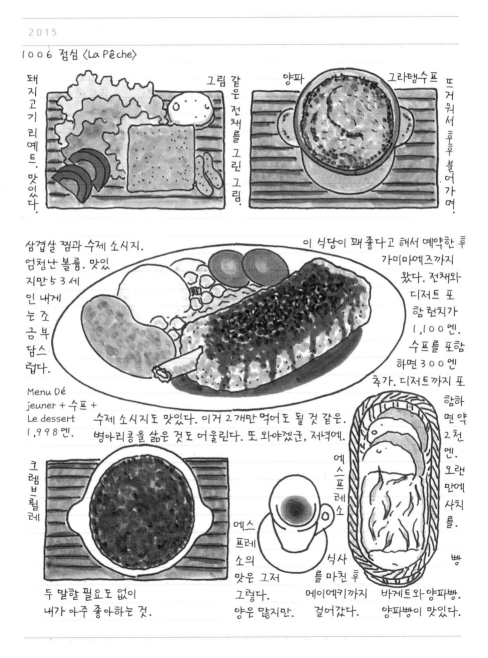

돼지고기 리예트. 맛있다.

그림 같은 전채를 그린 그림.

양파

그라탱수프

뜨거워서 후우후우 불어가며.

삼겹살 찜과 수제 소시지.
엄청난 볼륨. 맛있
지만 5 3 세
인 내게
는 조
금 부
담스
럽다.

Menu Dé
jeuner + 수프 +
Le dessert
1,998엔.

수제 소시지도 맛있다. 이거 2 개만 먹어도 될 것 같은.
병아리콩을 삶은 것도 어울린다. 또 와야겠군, 저녁에.

이 식당이 꽤 좋다고 해서 예약한 후
가미마에즈까지
왔다. 전채와
디저트 포
함 런치가
1,100엔.
수프를 포함
하면 300엔
추가. 디저트까지 포
함하
면 약
2천
엔.
오랜
만에
사치
를.

크렘브릴레

두 말할 필요도 없이
네가 아주 좋아하는 것.

에스프레소의
맛은 그저
그렇다.
양은 많지만.

식사
를 마친 후
메이에키까지
걸어갔다.

에스프레소

바게트와 양파빵.
양파빵이 맛있다.

빵

토핑이 중요
달걀은 어떤 요리에도 어울린다

2014

0617 점심 〈다키야〉

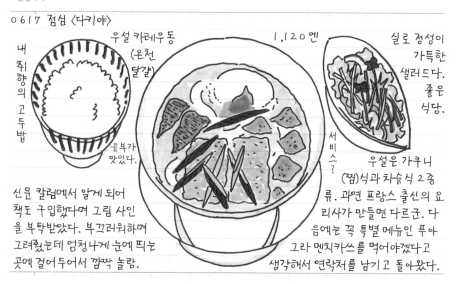

내 취향의 고두밥

우설 카레우동 (온천 달걀)

1,120엔

유부가 맛있다.

실로 정성이 가득한 샐러드다. 좋은 식당.

서비스?

우설은 가쿠니 (찜)식과 차슈식 2종류. 과연 프랑스 출신의 요리사가 만들면 다르군. 다음에는 꼭 특별 메뉴인 푸아그라 멘치카쓰를 먹어야겠다고 생각해서 연락처를 남기고 돌아왔다.

신문 칼럼에서 알게 되어 책도 구입했다며 그림 사인을 부탁받았다. 부끄러워하며 그려줬는데 엄청나게 눈에 띄는 곳에 걸어두어서 깜짝 놀람.

2014

0722 점심 〈LAYER'S〉 (메이에키점)

LAYER'S는 회사 근처에 본점이 있지만 이번에는 메이에키점으로. 로코모코는 작년 말에 본점에서 먹었지만, 그때는 구내염으로 인한 통증 때문에 맛을 알 수 없었다.

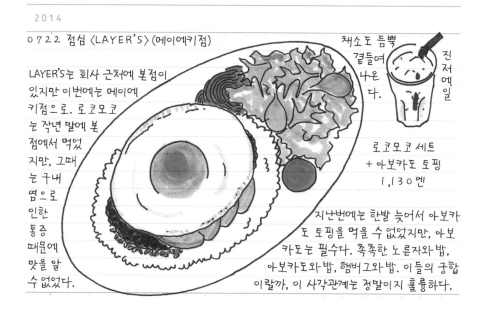

채소도 듬뿍 곁들여 나온다.

진저에일

로코모코 세트 + 아보카도 토핑 1,130엔

지난번에는 한발 늦어서 아보카도 토핑을 먹을 수 없었지만, 아보카도는 필수다. 촉촉한 노른자와 밥, 아보카도와 밥, 햄버그와 밥. 이들의 궁합이랄까, 이 사각관계는 정말이지 훌륭하다.

토핑을 좋아하는 내가 선택한 토핑계의 왕은 달걀이다.
어떤 요리와도 어울리는 위대한 달걀의 유일한 단점은 과식하게 된다는 것.
<코코이치반야>의 카레에는 20년 전부터 오징어 토핑을 얹어서 먹었다.

2015

0120 점심 <코코이치반야> (도요타니 시마치점)

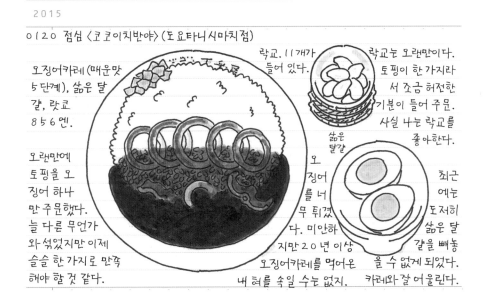

오징어카레 (매운맛
5단계), 삶은 달
걀, 랏쿄
856엔.

오랜만에
토핑을 오
징어 하나
만 주문했다.
늘 다른 무언가
와 섞었지만 이제
슬슬 한 가지로 만족
해야 할 것 같다.

락쿄. 11개가
들어 있다.

락쿄는 오랜만이다.
토핑이 한 가지라
서 조금 허전한
기분이 들어 주문.
사실 나는 락쿄를
좋아한다.

삶은
달걀

오
징어
를 너
무 튀겼
다. 미안하
지만 20년 이상
오징어카레를 먹어온
내 혀를 속일 수는 없지.

최근
에는
도저히
삶은 달
걀을 빼놓
을 수 없게 되었다.
카레와 잘 어울린다.

2015

0310 점심 <코코이치반야> (나카구 후시미도리점)

해산물, 오징어 (매운맛
5단계) 1,052엔.
해산물이라는 토
핑이 있다는 것
을 알았다. 오
징어와 함께
하면 좋지 않
을까 싶어서
재빨리 실행에
옮긴다. 문제는
해산물의 오징어와
카레에 잠겨 있는 오징
어튀김이 구별되지 않는다는 것.

요즘에는 아무래도
천 엔을 넘기게
된다.

오징어,
새우, 조개 듬뿍.

카운터석에서 먹고 있는
데 등 뒤 테이블에 앉은 손
님이 "채소카레, 밥 200g,
매운맛은 보통"이라고 약
해빠진 주문을 하는 것이
아닌가. 남자 목소리다. 어
떤 한심한 녀석일까 싶어서
뒤를 돌아본다. 그러자 내
옆에 앉아 있던 손님도 뒤
를 돌아보았다. 역시 돌아
볼 수밖에 없지. 참고로 내
옆의 손님도 나와 마찬가지
로 매운맛 5를 먹고 있었
다. 바람직한 손님이다.

이 우동이라면
소바파도 만족할 수 있다

2014

1028 점심 〈하카타우동 기무라야 博多うどん木村屋〉

고보텐우동 세트 660엔.

고보텐(우엉을 넣은 어묵)이 정말 잘 어울린다.

가시와메시(닭고기와 채소를 다져넣고 지은 밥)

가시와메시라고 하니까 먹고 싶어졌는데 오니기리로 만들어주면 좋을 듯하다.

하카타에서 살았던 때가 생각나는군.

고보텐우동. 부드러운 우동면에 부담 없는 국물 맛. 하카타는 의외로 우동의 고장인데, 이것이 바로 하카타우동이다. 사누키우동만 우동이 아니다.

2015

0414 점심 〈히로안 弘庵〉

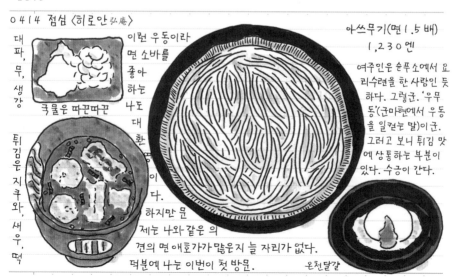

대파, 무, 생강

국물은 따끈따끈

튀김은 지쿠와, 새우, 떡

이런 우동이라면 소바를 좋아하는 나도 대환영이다. 하지만 문제는 나와 같은 의견의 면 애호가가 많은지 늘 자리가 없다. 덕분에 나는 이번이 첫 방문.

아쓰무기(면 1.5배) 1,230엔

여주인은 슌푸소에서 요리수련을 한 사람인 듯하다. 그렇군. '우무동'(군마현에서 우동을 일컫는 말)이군. 그러고 보니 튀김 맛에 상통하는 부분이 있다. 수긍이 간다.

온천달걀

거래처 사람과 만나다
가끔은 평일에도 술을

2014

1216 저녁 〈이시하라오모야石原母屋〉

1인분
3,000
엔

밑반찬은
죽순조림.

평일에 술을 마시면
일기 쓰기가 힘
들어서 최근에
는 되도록 피
하고 있지만. 덕
분에 오늘은 음주 일기
쓰는 데 1시간 20분이 걸렸다.

모둠회

고등어초회
가 맛있다.
단맛이 조금
약하지만 풍부
한 기름기를 잘 살렸다.

햄
튀김

얇
게
튀겨서
좋다.

굴튀김은
좋지만
타르
타르 소스
가 인스턴트.

굴튀김

수제 소스
와의 차
이가 그
대로 드
러난다.
아쉬운 부분.

미소
구시
가쓰

물론
좋아
한다.

양배추도
먹는다.
야금
야금.

스미요시(住よし) 5/6.
달걀 기시멘
400엔

뭔가 허전해서
JR나고야역 구
내에 있는
스미요
시에
서
오랜
만에
기시
멘을 먹
는다. 평
상시에는 늘
소바를 먹게
된다.

흰 새우
튀김

야키
소바

멱주(슈퍼
드라
이)
로

건배,
건배.

매끈
매끈
하고
쫀득쫀득
한 기시멘의
식감이 좋다. 역
시 스미요시의 기시
멘은 맛있다. 진한 국물 맛이
면과 잘 어울린다. 왜 좀더
전국구가 되지 않는 걸까.

새로운 식당을
개척할 때의 요령

지금도 이래저래 1년에 30곳 정도 새로운 식당에 간다. 오며가며 눈에 들어왔던 식당일 경우도 있고 잡지나 인터넷에서 봤던 곳이나 주위에서 추천한 곳도 있다. 여하튼 한눈에 반하는 식당은 있다. 최근 몇 년 동안 계속 최다 방문점이 되고 있는 나고야시 히가시구 다이칸초에 있는

〈Innover〉. 어떤 잡지에 소개되었는데, 기사에 실린 부뎅 누아의 사진은 나를 강력

전쟁의 화마를 피한 다이칸초 일대에는 오래된 건물이 많다. 설마 이 건물이 세계대전 이전의 것은 아니겠지만. 정말로 옛 느낌이 아름답게 남아 있다. 너무도 마음에 드는 풍경이다.

하게 매료시켰다. '꼭 가야 한다'고 생각했다. 나의 '꼭 가야한다'는 직감은 꽤 잘 맞는다. 역시나 멋진 곳이었다. 이후로 뻔질나게 다니고 있다.

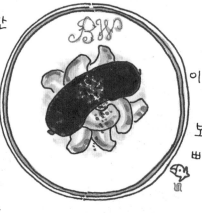

부뎅 누아. 이 부뎅 누아의 자태를 보고 단번에 빠져들었다.

사실 신규점을 개척할 때 도움이 되는 것은 거리에서 나눠주는 광고지다. 쿠폰 등의 광고지를 나눠주는 식당은 대체로 꽝이다. 실패하고 싶지 않으면 피해야 한다. 그래서 나는 지하철 출구 등에서 나눠주는 전단지는 반드시 받아서 '가서는 안 되는 식당 리스트'로 활용한다. 그렇게 해서 실패의 싹을 밟아버린다.

위장도 마음도
편안하고 싶다

WEDNESDAY

샐러리맨에게도 반가운,
채소 듬뿍 짬뽕

0611 점심 〈다이파이톤〉

짬뽕면

짬뽕이 아닌, 어디까지나 짬뽕면이다. 면은 일반적인 중화면.

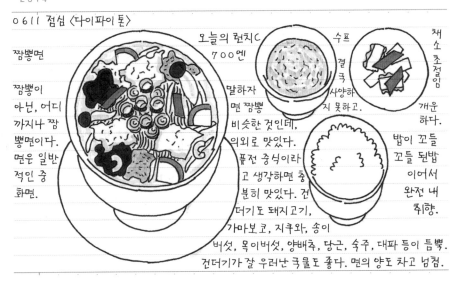

오늘의 런치C 700엔

말하자면 짬뽕 비슷한 것인데, 의외로 맛있다. 퓨전 중식이라고 생각하면 충분히 맛있다. 건더기도 돼지고기, 가마보코, 지쿠와, 송이버섯, 목이버섯, 양배추, 당근, 숙주, 대파 등이 듬뿍. 건더기가 잘 우러난 국물도 좋다. 면의 양도 차고 넘침.

수프겸국

채소초절임

개운하다.

밥이 꼬들꼬들 된밥이어서 완전 내 취향.

0618 점심 〈짬뽕쇼쿠도ちゃんぽん食堂〉

어째서인지 처음에 가게를 시작했던 비례모의 남자가 최근 두 번 다 보이지 않는다. 무슨 일일까.

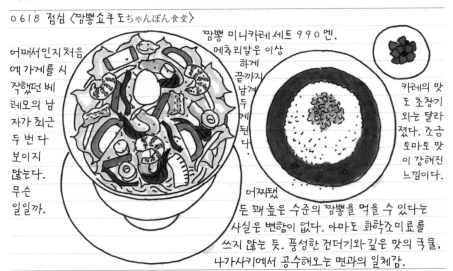

짬뽕 미니카레 세트 990엔. 메추리알은 이상하게 끝까지 남겨두게 된다.

어쨌든 돈 꽤 높은 수준의 짬뽕을 먹을 수 있다는 사실은 변함이 없다. 아마도 화학조미료를 쓰지 않는 듯. 풍성한 건더기와 깊은 맛의 국물, 나가사키에서 공수해오는 면과의 일체감.

카레의 맛도 초창기와는 달라졌다. 조금 토마토 맛이 강해진 느낌이다.

25년 전, 후쿠오카에 있을 때 일주일에 한 번은 점심으로 짬뽕을 먹었다.
포만감도 있고 채소도 많이 먹을 수 있어서 점심식사로 딱 좋았다.
돈코쓰라멘은 밤, 술을 마신 후에 먹는 메뉴였다. 지금도 짬뽕은 좋아한다.

2014

0910 점심 〈다이파이 돈〉

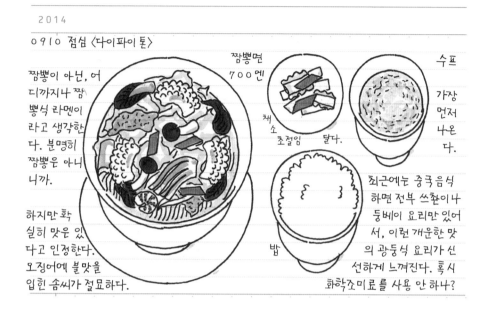

짬뽕이 아닌, 어디까지나 짬뽕식 라멘이라고 생각한다. 분명히 짬뽕은 아니니까.

하지만 확실히 맛은 있다고 인정한다. 오징어에 불맛을 입힌 솜씨가 절묘하다.

짬뽕면
700엔

채소 초절임   달다.

밥

수프

가장 먼저 나온다.

최근에는 중국 음식 하면 전부 쓰촨이나 둥베이 요리만 있어서, 이런 개운한 맛의 광둥식 요리가 신선하게 느껴진다. 혹시 화학조미료를 사용 안 하나?

2015

0114 점심 〈다나베〉 (메이에키점)

짬뽕 750엔

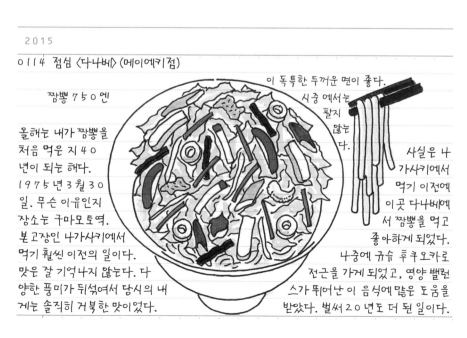

올해는 내가 짬뽕을 처음 먹은 지 40년이 되는 해다. 1975년 3월 30일. 무슨 이유인지 장소는 구마모토역. 본고장인 나가사키에서 먹기 훨씬 이전의 일이다. 맛은 잘 기억나지 않는다. 다양한 풍미가 뒤섞여서 당시의 내게는 솔직히 거북한 맛이었다.

이 독특한 두꺼운 면이 좋다. 시중에서는 팔지 않는다.

사실은 나가사키에서 먹기 이전에 이곳 다나베에서 짬뽕을 먹고 좋아하게 되었다. 나중에 규슈 후쿠오카로 전근을 가게 되었고, 영양 밸런스가 뛰어난 이 음식에 많은 도움을 받았다. 벌써 20년도 더 된 일이다.

부드럽게 스며들어
지친 마음을 감싸주는 맛

1224 점심 〈다이파이 톤〉

런치B (파이 코 멘) 700엔

파이 코는 돼지고기를 튀긴 것이다. 맛있군. 말하자면 돈가스 라멘이다. 파이코 4 조각의 풍성함. 하하핫.

고급스러운 탕

다키야에 갈까 했지만 전날 밤에 마신 술이 아직 체내에 남아 있어서 숙취 때문에 카레우동이 조금 부담스러울 듯해 다이파이 톤으로. 이곳의 죽식은 전혀 부담스럽지 않고 가벼워 사실 서 숙취해소 면이 많다. 가 된다.

수프. 걸쭉한 옥수수 달걀 수프가 위장에 스며든다. 고마워라.

밥. 이제 좀 살 것 같은 기분.

채소절임 조금 달지만 입가심에 좋다.

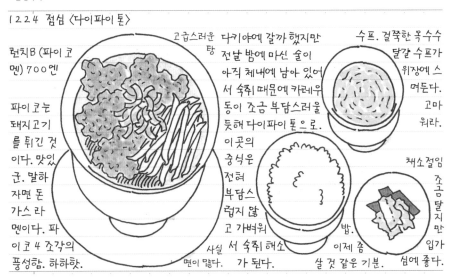

0304 점심 〈키친 미르푸아〉

오므라이스에는 수프나 샐러드를 선택할 수 있는데 나는 수프를 선택. 이곳의 수프를 좋아한다.

이곳의 콘포타주가 맛있다. 부드러운 단맛이 퍼진다. 더 먹고 싶군.

오므라이스 1,080엔

얇게 부친 달걀지단으로 두툼한 치킨라이스를 감싼 것도 좋지만. 폭신폭신한 오믈렛 속에 치킨이 데굴데굴. 양파의 아삭아삭한 식감이 치킨라이스를 부드럽게 감싼다. 이곳의 오므라이스는 각별하다. 데미그라스소스를 듬뿍 뿌린 어른의 맛.

카운터석에서 오므라이스를 만드는 셰프의 뒷모습에 시선을 준다. 셰프는 누가 보고 있어도 신경 쓰지 않는다 멋지게 완성된 오므라이스를 건네준다.

조금 매운맛의

완전히 지친 몸에는 채소는 물론 국물 요리도 반갑다.
셀프 우동집에서 고르는 메뉴는 소바에 오징어튀김, 우동에는 지쿠와튀김으로 정해져
있다. 곁들이는 오니기리는 나물과 다시마를 좋아한다. 유부초밥도 외면하기 힘들다.

2015

0603 점심 〈돈돈안 どんどん庵〉(다이몬점)

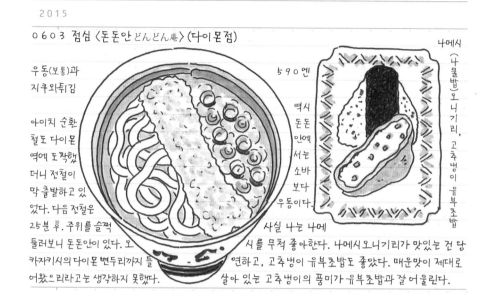

우동(보통)과
지쿠와튀김

아이치 순환
철도 다이몬
역에 도착했
더니 전철이
막 출발하고 있
었다. 다음 전철은
25분 후. 주위를 슬쩍
둘러보니 돈돈안이 있다. 오
카자키시의 다이몬 변두리까지 들
어왔으리라고는 생각하지 못했다.

590엔

역시
돈돈
안에
서는
소바
보다
우동이다.

사실 나는 나메
시를 무척 좋아한다. 나메시오니기리가 맛있는 건 당
연하고, 고추냉이 유부초밥도 좋았다. 매운맛이 제대로
살아 있는 고추냉이의 풍미가 유부초밥과 잘 어울린다.

나메시
(나물밥)오니기리,
고추냉이
유부초밥

2015

0916 점심 〈U Cafe〉

도리가라아게
(닭튀김)
매운
소스

오늘의 런치
770엔
붉은
미소
시루

역 서쪽 출구
부근
도 앞
으로 변하
겠지.

아이스
커피

밥

풍성한
채소가
반갑다. 혀
도 위장도 만족
하는 건강식.

K
T
S
에
근무하는
야마다 오사무의
여동생이 운영하는 곳. 전무 덕분에.

전무
의
모친
께서
사주
셨다.
송구하다
는 말은 바로 이런 것.

눈부터 행복해지는
강렬한 인상의 런치

2014

0312 점심 〈테라다 てら田〉

하나지라시 950엔

뚜껑을 여는 순간의 기쁨을 충분히 맛볼 수 있는 일품. 안 가면 손해.

하나지라시의 재료는 참치, 도미, 방어, 연어, 삼치, 이크라, 달걀말이, 오이, 청대 완두, 유부, 김. 말하자면 바라지라시인데. 초밥에 살짝 색이 감돈다. 아카즈(지게미식초)를 썼나. 이게 천 엔 이하라는 것이 대단하다.

2014
●はみ出し, 삐져나온다는 뜻의 일본어

0507 점심 〈롯데리아〉(센트럴파크점)

프라이드
포테이토(M)
점심때가 조금 지나서인지 눅눅하다.

패티 3장 새우버거 세트 670엔. 음료는 바닐라셰이크를 선택했다. 날씨가 더워서. 셰이크 오랜만이군.

타르타르소스가 제대로다.

솔직히 이거는 2단까지가 적당하지 않을까. 새우카츠 1년 치를 제패하다.

사실 나는 롯데리아를 꽤 좋아한다. 이런 엉뚱한 것을 하는 점이 좋은 것이다. 작년의 하미다시● 시리즈에 이어서 올해는 3장이다. 하미다시 이상의 볼륨이다. 입을 크게 벌리고 베어 물지만 역시 먹기 힘들다.

사람은 아름다운 것, 커다란 것을 동경하기 마련이다.
음식도 마찬가지. 거기에 맛까지 있다면 두 말할 필요도 없다.
맛이 없을 경우에는 겉모양에 속은 자신을 부끄러워할 뿐이다.

2014

0514 점심 〈다이코쿠야 大黒や〉

전갱이튀김
정식

8
0
0
엔

큰직
한 전
갱이튀김
이 2개. 이것
만으로도 충분충분.

원래 이곳은 돈가스가게다. 하지만 이 전갱이튀김이 맛있어서 돈가스를 먹어본 적이 없다. 죄송합니다. 하지만 정말 맛있다.

바지락 미소시루

호키모토 씨와 점심. 최근 들어 후쿠오카에 안 가고 있다.

쓰보즈케(무말랭이조림)

반갑다.

밥은 조금 질지만 양은 충분하다.

밥(大)

2015

1008 점심 〈나고야 니쿠미소카레연구소 肉味噌カレー研究所〉

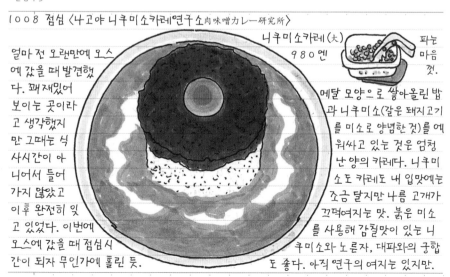

얼마 전 오랜만에 오스
에 갔을 때 발견했
다. 꽤 재미있어
보이는 곳이라
고 생각했지
만 그때는 식
사시간이 아
니어서 들어
가지 않았고
이후 완전히 잊
고 있었다. 이번에
오스에 갔을 때 점심시
간이 되자 무언가에 홀린 듯.

니쿠미소카레(大)
980엔

파는 마음껏.

메달 모양으로 쌓아올린 밥
과 니쿠미소(갈은 돼지고기
를 미소로 양념한 것)를 에
워싸고 있는 것은 엄청
난 양의 카레다. 니쿠미
소도 카레도 내 입맛에는
조금 달지만 나름 고개가
끄덕여지는 맛. 붉은 미소
를 사용해 감칠맛이 있는 니
쿠미소와 노른자, 대파와의 궁합
도 좋다. 아직 연구의 여지는 있지만.

30년 동안 <코코이치반야>의 팬인 나.

최근에는 그 해의 첫 <코코이치반야>로 나고야 교외에 있는

니시비와지마 제1호점에 가고 있다. 내게는 성지순례.

2015

O225 점심 <코코이치반야> (니시비와지마점)

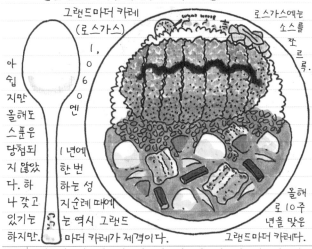

그랜드마더 카레
(로스가스)
1,060엔

로스가스에는
소스를
쪼르륵.

아쉽지만 올해도 스푼은 당첨되지 않았다. 하나 갖고 있기는 하지만.

1년에 한 번 하는 성지순례 때에는 역시 그랜드마더 카레가 제격이다.

올해로 10주년을 맞은 그랜드마더 카레.

나는 원래도 코코이치를 좋아하지만, 그랜드마더 카레는 팬심을 빼고도 맛있다고 생각한다. 늘 매운맛 5단계를 먹지만, 그랜드마더 카레만은 보통으로 먹는다. 건더기가 많기도 하고 같은 돼지고기에도 양념이 배어 있다. 보통 레토르트를 먹을 때면 맛이 극단적으로 떨어지는 채소도 어떻게 된 일인지 나쁘지 않다. 이번에 처음으로 로스가스와 조합해봤는데 잘 어울린다. 역시 나는 코코이치가 좋다.

2015

O610 점심 <덴푸라메시 시모노이시키 天ぷらめし 下の一色>

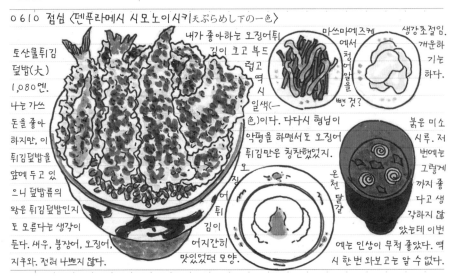

토산물튀김덮밥(大) 1,080엔. 나는 가쓰돈을 좋아하지만, 이 튀김덮밥을 앞에 두고 있으니 덮밥류의 왕은 튀김덮밥인지도 모른다는 생각이 든다. 새우, 붕장어, 오징어, 지쿠와. 전혀 나쁘지 않다.

내가 좋아하는 오징어튀김이 크고 부드럽고 역시 일색(一色)이다. 다다시 형님이 악평을 하면서도 오징어튀김만은 칭찬했었지.

오징어튀김이 어지간히 맛있었던 모양.

마쓰마에즈케에서 청어알을 뺀 것?

생강초절임. 개운하기는 하다.

붉은 미소 시루. 저번에는 그렇게까지 좋다고 생각하지 않았는데 이번에는 인상이 무척 좋았다. 역시 한번 와보고는 알 수 없다.

온천달걀

대체 튀김을 얼마만큼 먹으면 성에 찰까 하는 생각이 들지 않는 것은 아니지만,
튀김과 고봉밥이 조화를 이룬 더블 탄수화물은 좀처럼 멈출 수가 없다.
오징어튀김을 반찬으로 가쓰돈을 먹는다. 대단하다.

2015

0729 점심 〈다마야玉屋〉

가쓰돈
정식
1,
0
0
0
엔

1.2cm
두께의 돈
가스는 다시
튀긴 것 같다. 튀
김옷에 엄청 딱딱한
부분이 조금씩 있다.

엄청난 비주
얼이다.

오이

누카즈케(쌀겨절임).
오랜만에 왔더니 예쁜
아가씨가 혼자 일
하고 있다. 다시
와야 할 이유가.

돈 모
양으로 쌓
아올린 밥. 많다.

단무
지
이건
가쓰돈에
곁들여 나온다.

정식의 반
찬은 오
징어
튀김.

붉은 미소
시루

두부
를 너무
오래 익
혔지만 나
쁘지 않다.

2015

0805 점심 〈키친 요로즈야キッチンよろずや〉

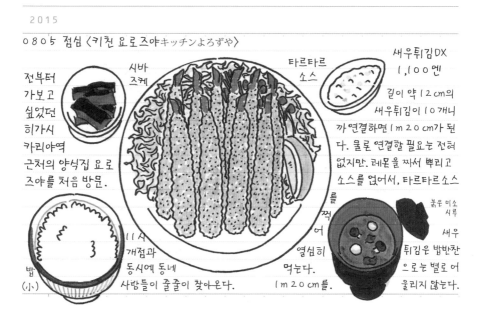

전부터
가보고
싶었던
히가시
카리야역
근처의 양식집 요로
즈야를 처음 방문.

11시
개점과
동시에 동네
사람들이 줄줄이 찾아온다.

밥
(小)

시바
스케

타르타르
소스

를
쩝
어
열심히
먹는다.
1m20cm를.

새우튀김DX
1,100엔

길이 약 12cm의
새우튀김이 10개니
까 연결하면 1m 20cm가 된
다. 물론 연결할 필요는 전혀
없지만. 레몬을 짜서 뿌리고
소스를 얹어서, 타르타르소스

붉은 미소
시루

새우
튀김은 밥반찬
으로는 별로 어
울리지 않는다.

일본에서 즐길 수 있는
본격적인 외국의 맛

2014

0319 점심 〈히가시사쿠라파쿠치〉

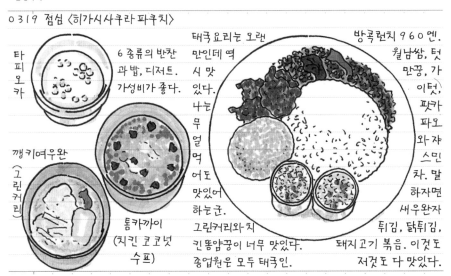

타피오카

6종류의 반찬과 밥, 디저트. 가성비가 좋다.

깽키여우완 (그린커리)

톰카까이 (치킨 코코넛 수프)

태국요리는 오랜만인데 역시 맛있다. 나는 무얼 먹어도 맛있어 하는군. 그린커리와 치킨똠얌꿍이 너무 맛있다. 종업원은 모두 태국인.

방콕런치 960엔. 월남쌈, 텃만꿍, 가이텃, 팟카파오와 쟈스민차. 말하자면 새우완자 튀김, 닭튀김, 돼지고기 볶음. 이것도 저것도 다 맛있다.

2014

0409 점심 〈히가시사쿠라파쿠치〉

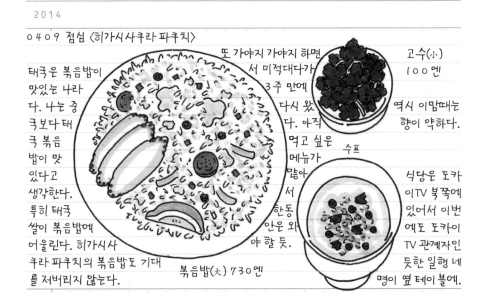

태국은 볶음밥이 맛있는 나라다. 나는 중국보다 태국 볶음밥이 맛있다고 생각한다. 특히 태국 쌀이 볶음밥에 어울린다. 히가시사쿠라 파쿠치의 볶음밥도 기대를 저버리지 않는다.

볶음밥(大) 730엔

또 가야지 가야지 하면서 미적대다가 3주 만에 다시 왔다. 아직 먹고 싶은 메뉴가 많아서 한동안은 와야 할 듯.

고수(小) 100엔

역시 이맘때는 향이 약하다.

수프

식당은 도카이TV 북쪽에 있어서 이번에도 도카이TV 관계자인 듯한 일행 네 명이 옆 테이블에.

동남아시아 각국의 요리를 내는 식당도 제법 늘었다.
그것도 현지의 맛을 제대로 내는 식당들이. 무국적 요리라든지 다국적 요리라고 불리는,
도무지 이해가 가지 않는 창작요리와는 완전히 선을 그었다.

0820 점심 〈라오파사 ラオパサ〉

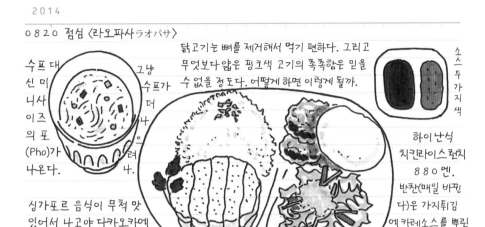

수프 대
신 미
니 사
이즈
의 포
(Pho)가
나온다.

그냥
수프가
더 나
았으
려나.

닭고기는 뼈를 제거해서 먹기 편하다. 그리고
무엇보다 얇은 핑크색 고기의 촉촉함은 믿을
수 없을 정도다. 어떻게 하면 이렇게 될까.

소스
두 가
지 색

하이난식
치킨라이스런치
880엔.
반찬(매일 바뀐
다)은 가지튀김
에 카레소스를 뿌린
것. 샐러드도 나쁘지

싱가포르 음식이 무척 맛
있어서 나고야 다카오카에
있는 싱가포르 요리전문점 라오
파사를 첫 방문. 런치메뉴는 많지 않지
만, 명물인 치킨라이스는 싱가포르 현지 맛에 뒤지지 않는다, 전혀. 손님들은 모두 이걸 주문한다. 않다. 계속해서 들어오는

0902 점심 〈카오산카 カオサンカァ〉

그린커리
런치(大)
850엔

요미우리
신문의 미토
씨가 추천해줘
서 지난주에 갔었

수프

채소가
큼직큼직
하다.

지만 하필이면 여름휴가 중이어서 다시
방문. 이번에는 무사히 먹을 수 있었다.
오늘의 런치인 그린커리는 닭고기와 가
지, 파프리카와 죽순도 들어 있는 본격
적인 커리다. 달콤하고 매운 최상의 그
린커리였다. 양도 넉넉하다.

돈가스에 달걀, 돈가스에 하야시…
튀김옷에 스며들면 맛은 두 배가 된다

0917 점심 〈가노우 かのう〉

가쓰돈

면허갱신이 생각보다 빨리 끝나서 집에 돌아와 가노우에 배달을 시켜서 큰딸과 함께 점심을 먹었다. 가쓰돈과 직접 만든 버섯 시루(일러스트 없음).

달걀물이 완전히 덮여 있지 않아서 그냥 그랬는데, 기후현은 간사이가 가깝기 때문인지 달걀물을 덮지 않는 식당이 많다. 그리고 이 달걀물은 조금 달지만 돈가스 자체는 돼지기름 향이 좋고 맛있으니까 뭐 괜찮다. 무엇보다 요즘은 가쓰돈을 배달해주는 식당이 별로 없기도 하고. 내가 고등학생 때에는 단골 배달 메뉴였는데.

가라아게

마늘 향이 살아 있어서 꽤 맛있다.

1007 점심 〈돈가스 마쓰야〉

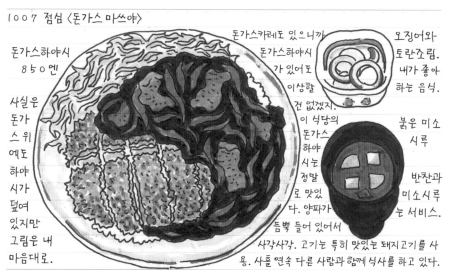

돈가스하야시
850엔

사실은 돈가스 위에도 하야시가 덮여 있지만 그림은 내 마음대로.

돈가스카레도 있으니까 돈가스하야시가 있어도 이상할 건 없겠지. 이 식당의 돈가스하야시는 정말로 맛있다. 양파가 듬뿍 들어 있어서 사각사각. 고기는 특히 맛있는 돼지고기를 사용. 사흘 연속 다른 사람과 함께 식사를 하고 있다.

오징어와 토란조림. 내가 좋아하는 음식.

붉은 미소 시루

반찬과 미소시루는 서비스.

이왕 밖에서 먹는 거라면
슈퍼마켓에는 없는 사슴고기와 오리고기를…

2015

| | | | 점심 〈Innover〉

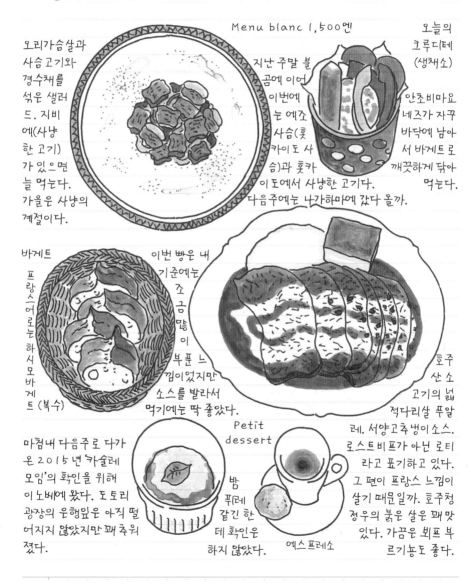

Menu blanc 1,500엔

오늘의 크루디테 (생채소)

오리가슴살과 사슴 고기와 경수채를 섞은 샐러드. 지비에(사냥한 고기)가 있으면 늘 먹는다. 가을은 사냥의 계절이다.

지난 주말 불곰에 이어 이번에는 에조사슴(홋카이도 사슴)과 홋카이도에서 사냥한 고기다. 다음주에는 나가하마에 갔다 올까.

안초비마요네즈가 자꾸 바닥에 남아서 바게트로 깨끗하게 닦아 먹는다.

바게트
프랑스어로는 하시모바게트(복수)

이번 빵은 내 기준에는 조금 많이 부푼 느낌이었지만 소스를 발라서 먹기에는 딱 좋았다.

호주산 소고기의 넓적다리살 풀알레. 서양고추냉이소스. 로스트비프가 아닌 로티라고 표기하고 있다. 그 편이 프랑스 느낌이 살기 때문일까. 호주청정우의 붉은 살은 꽤 맛있다. 가끔은 뵈프 부르기뇽도 좋다.

Petit dessert

마침내 다음주로 다가온 2015년 '카술레 모임'의 확인을 위해 이 노베에 왔다. 도토리 광장의 은행잎은 아직 떨어지지 않았지만 꽤 추워졌다.

밤 퓌레 같긴 한데 확인은 하지 않았다.

에스프레소

외근이 잦은 직장인의 든든한 아군
차가워진 몸을 데워주는 카레우동

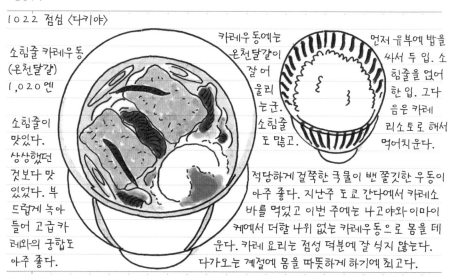

2014

1022 점심 〈다키야〉

소힘줄 카레우동
(온천달걀)
1,020엔

소힘줄이
맛있다.
상상했던
것보다 맛
있었다. 부
드럽게 녹아
들어 고급카
레와의 궁합도
아주 좋다.

카레우동에는
온천달걀이
잘 어
울리
는군.
소힘줄
도 많고.

먼저 유부에 밥을
싸서 두 입. 소
힘줄을 얹어
한 입. 그다
음은 카레
리소토로 해서
먹어치운다.

적당하게 걸쭉한 국물이 밴 쫄깃한 우동이
아주 좋다. 지난주 도쿄 간다에서 카레소
바를 먹었고 이번 주에는 나고야와 이마이
케에서 더할 나위 없는 카레우동으로 몸을 데
운다. 카레 요리는 점성 덕분에 잘 식지 않는다.
다가오는 계절에 몸을 따뜻하게 하기에 최고다.

2015

0722 점심 〈다키야〉

밥

유부
에 싸서
두 입.

TV방송 이후
처음 왔다.
과연.

원래 프랑스 요리를 하
던 주인인데. 아내와의
결혼식은 파리에서 했다고
한다. 제법이야, 그런 얼굴로.
완전 멋지잖아.

멘치카쓰 카레우동
920엔

카레
우동

멘치
카쓰

멘치
카쓰도
엄청 촉촉하고 맛있지만 곁들여
나온 샐러드가 특히 좋다. 아삭아삭
한 채소. 드레싱은 프랑스에서 공수.

밥이 맛있으면
오후 업무도 힘차게 할 수 있다

2014

1112 점심 〈마쓰자카 まつざか〉

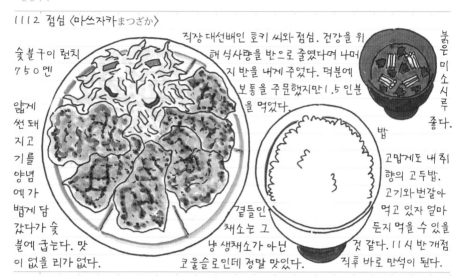

숯불구이 런치
750엔

얇게 썬 돼지고기를 양념에 가 뱝게 담갔다가 숯불에 굽는다. 맛이 없을 리가 없다.

직장 대선배인 호키 씨와 점심. 건강을 위해 식사량을 반으로 줄였다며 나머지 반을 내게 주었다. 덕분에 보통을 주문했지만 1.5인분을 먹었다.

곁들인 채소는 그냥 생채소가 아닌 코울슬로인데 정말 맛있다.

붉은 미소시루 좋다.

밥

고맙게도 내 취향의 고두밥. 고기와 번갈아 먹고 있자 얼마든지 먹을 수 있을 것 같다. 11시 반 개점 직후 바로 만석이 된다.

2015

0715 점심 〈다이파이톤〉

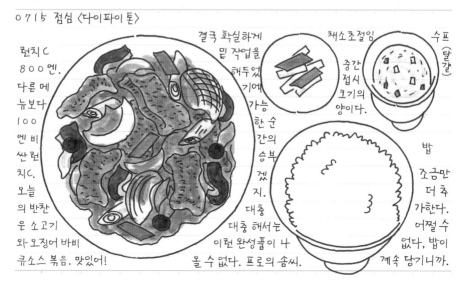

런치C 800엔. 다른 메뉴보다 100엔 비싼 런치C. 오늘의 반찬은 소고기와 오징어 바비큐소스 볶음. 맛있어!

결국 확실하게 밑 작업을 해두었기에 가능한 순간의 승부겠지. 대충대충 해서는 이런 완성품이 나올 수 없다. 프로의 솜씨.

채소초절임 중간 접시 크기의 양이다.

수프 (달걀)

밥 조금만 더 추가한다. 어쩔 수 없다, 밥이 계속 당기니까.

담백하기만 한 것이 아니라
깊은 풍미도 느껴지는 면

0107 점심 〈리키도りきどう〉

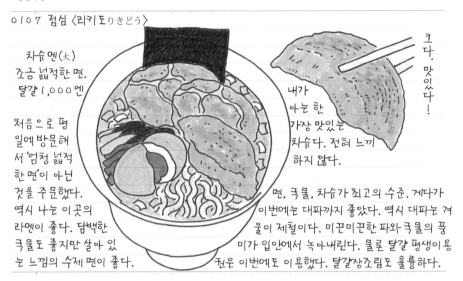

차슈멘(大)
조금 넙적한 면.
달걀 1,000엔

처음으로 평
일에 방문해
서 '엄청 넙적
한 면'이 아닌
것을 주문했다.
역시 나는 이곳의
라멘이 좋다. 담백한
국물도 좋지만 살아 있
는 느낌의 수제 면이 좋다.

크
다.
맛
있
다
!

내가
아는 한
가장 맛있는
차슈다. 전혀 느끼
하지 않다.

면, 국물, 차슈가 최고의 수준. 게다가
이번에는 대파까지 좋았다. 역시 대파는 겨
울이 제철이다. 미끈미끈한 파와 국물의 풍
미가 입안에서 녹아내린다. 물론 달걀 평생이용
권은 이번에도 이용했다. 달걀장조림도 훌륭하다.

0513 점심 〈고쿠부토다쿠류極太濁流〉

식감이 확실
한 두꺼운
면은 내
취향.
뜨거운
국수로
먹는다.
듬뿍 올
린 경수채
도 좋다. 고춧
가루와 산초를
면에 뿌려서 먹으
면 꽤 맛있다.

쓰케멘(달걀장조림)
880엔

차
슈
국
물

식당 입구

요즘에 유행하는 식당
치고는 국물이 걸
쭉하지 않은 편
이다. 이
정도면
나도 인
정할 수 있다.
산미도 좋고. 전
혀 나쁘지 않다.

에는 흰색으로 '男'이라고 쓴 포렴이 걸려 있다.
목욕탕도 아니고. 이러면 여성 손님이 들어올 수
없다고 생각하겠지만 딱히 여성입장금지도 아닌 듯
하다. 여성을 차별하는 식당은 아니겠지.

개인적으로 나고야는 소바 불모지라고 생각했지만, 좋은 식당도 많이 늘었다.
최근에 생긴 식당도 좋지만 불모지 시절부터 꿋꿋하게 이어온 곳도 있고.
<쇼주안松寿庵>의 굵은 소바는 쇼와昭和 시대의 향취를 느끼게 해주는 맛이다.

1021 점심 <쇼주안>

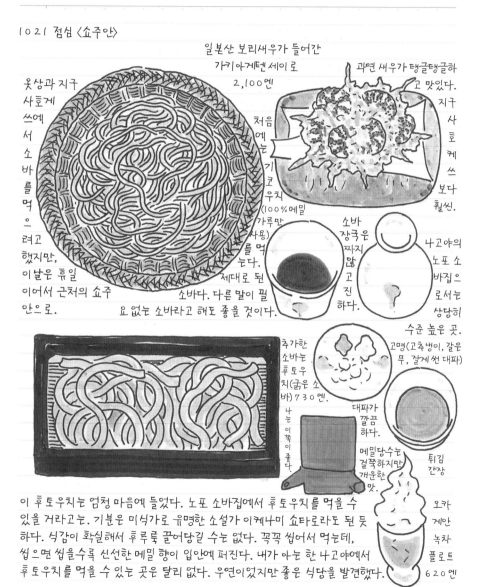

일본산 보리새우가 들어간
가키아게텐 세이로
2,100엔

과연 새우가 탱글탱글하고 맛있다.
지구 사호케쓰보다 훨씬.

옷상과 지구 사호케 쓰에서 소바를 먹으려고 했지만, 이날은 휴일이어서 근처의 쇼주안으로.

처음에는 기코우치(100%메밀가루만 사용)를 먹는다. 제대로 된 소바다. 다른 말이 필요 없는 소바라고 해도 좋을 것이다.

소바 장국은 짜지 않고 진하다.

나고야의 노포 소바집으로서는 상당히 수준 높은 곳.
고명(고추냉이, 갈은 무, 잘게 썬 대파)

추가한 소바는 후토우치(굵은 소바)730엔.
나는 이쪽이 좋다.

대파가 깔끔하다.

메밀당수는 걸쭉하지만 개운한 맛.

튀김 간장

이 후토우치는 엄청 마음에 들었다. 노포 소바집에서 후토우치를 먹을 수 있을 거라고는. 기분은 미식가로 유명한 소설가 이케나미 쇼타로라도 된 듯하다. 식감이 확실해서 후루룩 끌어당길 수는 없다. 꼭꼭 씹어서 먹는데, 씹으면 씹을수록 신선한 메밀 향이 입안에 퍼진다. 내가 아는 한 나고야에서 후토우치를 먹을 수 있는 곳은 달리 없다. 우연이었지만 좋은 식당을 발견했다.

오카게안 녹차 플로트 620엔

식사일기를 쓰기 시작하면서
바뀐 점

매일 자루소바를 먹어도 아무렇지 않았다.

당시 450엔 정도였는데.

일기를 쓰기 시작하면서 다양한 음식을 먹게 된 것은 확실하다. 옛날부터 식탐을 부리는 아이였지만. 이전에는 좋아하는 음식을 며칠이고 계속해서 먹었다. 재수 시절에는 입시학원의 학생식당이 맛이 없어서 근처 소바집에서 매일 자루소바 大자를 먹었다. 이래서는 식사일기가 되지 않는다. 매일 미끌미끌한 자루소바를 후루룩 후루룩 먹어대던 나는 대학도 미끄러졌다. 어쩔 수 없이 들어간 전문대학에서는 돈이 있는 날에는 가쓰돈을 먹고, 없을 때는 학교 옆에 있는 빵가게에서 구입한 콘참치샌드위치와 칠리토마토 컵라면이 단골 점심 메뉴였다. 그러고 보면 동급생 중 한 명이 칠리토마토 컵라면 냄새를 엄청 싫어해

지금 생각해보니 콘마루케였던 것 같기도 하고.

콘참치였는지 참치콘이었는지 잘 기억나지 않는다.

서 매일 누군가가 번갈아가며 그 녀석 앞에서 칠리토마토 컵라면을 먹었다. 어쩌면 모두가 그 녀석을 싫어했던 건지도 모르겠다. 지금은 거의 컵라면을 먹지 않지만, 컵라면에 대한 나의 추억이다.

木曜日

피곤할 때는 더욱 진한
맛을 음미하고 싶다

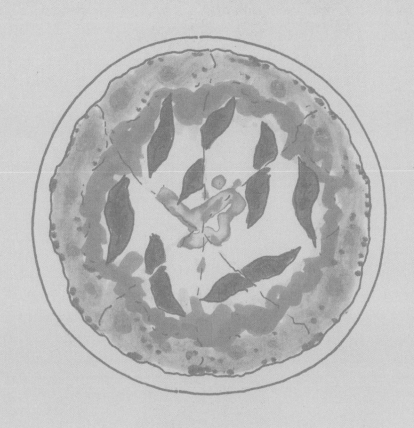

THURSDAY

이미 중독?
상상의 범위를 넘어선 카레

2014

0313 점심 〈카레노오오야 난요노치치カレーのオオヤ 南洋の父〉

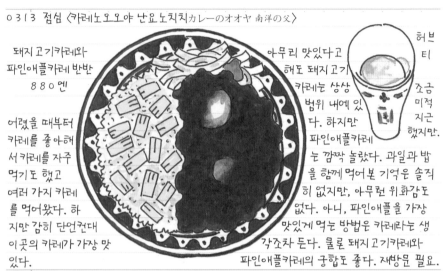

돼지 고기카레와
파인애플카레 반반
880엔

어렸을 때부터
카레를 좋아해
서 카레를 자주
먹기도 했고
여러 가지 카레
를 먹어왔다. 하
지만 감히 단언컨대
이곳의 카레가 가장 맛
있다.

아무리 맛있다고
해도 돼지 고기
카레는 상상
범위 내에 있
다. 하지만
파인애플카레
는 깜짝 놀랐다. 과일과 밥
을 함께 먹어본 기억은 솔직
히 없지만, 아무런 위화감도
없다. 아니, 파인애플을 가장
맛있게 먹는 방법은 카레라는 생
각조차 든다. 물론 돼지 고기카레와
파인애플카레의 궁합도 좋다. 재방문 필요.

허브
티
조금
미적
지근
했지만.

2014

0320 점심 〈카레노오오야 난요노치치〉

가지카레와 치킨
카레 반반(大)
980엔

이미 중독
에 가깝다.
난요노치
치. 카레에
무슨 마법이
라도 걸어놓은
건 아닐까. 특히
고기를 넣지 않은
카레.

치킨카레가 정말 훌륭
하고 맛있다. 아니
이렇게 맛있는 치
킨카레는 처음일
정도다. 그보다
더 감동한 것은
가지카레. 몰디브의 가다랑어
포로 포인트를 준 그 맛은 예
상을 뛰어넘는다. 파인애플카
레와 이 가지카레가 이곳의 쌍
벽이라고 생각한다. 다음에는 병
아리콩카레다. 이곳에서는 고기 카
레의 위대함이 전혀 발휘되지 못한다.

허브
티

느긋
하게

<카레노오오야 난요노치치>는 파인애플카레가 맛있는 곳.
하지만 20년 세월에 걸쳐 이 카레를 완성한 주인이 병으로 쓰러졌다고 한다.
한 사람의 팬으로서 주인이 회복할 때까지 이 식당 이야기를 계속해야 할 의무가 있다.

2014

0403 점심 〈카레노오오야 난요노치치〉

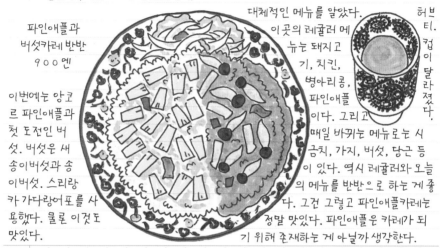

파인애플과
버섯카레 반반
900엔

이번에는 앙코
르 파인애플과
첫 도전인 버
섯. 버섯은 새
송이버섯과 송
이버섯. 스리랑
카 가다랑어포를 사
용했다. 물론 이것도
맛있다.

대체적인 메뉴를 알았다.
이곳의 레귤러 메
뉴는 돼지고
기, 치킨,
병아리 콩,
파인애플
이다. 그리고
매일 바뀌는 메뉴로노 시
금치, 가지, 버섯, 당근 등
이 있다. 역시 레귤러와 오늘
의 메뉴를 반반으로 하는 게 좋
다. 그건 그렇고 파인애플카레는
정말 맛있다. 파인애플은 카레가 되
기 위해 존재하는 게 아닐까 생각한다.

허브
티.
컵
이
달
라
졌
다.

2014

0417 점심 〈카레노오오야 난요노치치〉

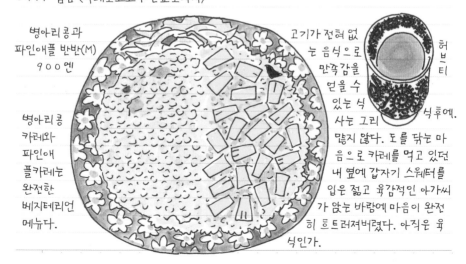

병아리 콩과
파인애플 반반(M)
900엔

병아리 콩
카레와
파인애
플카레는
완전한
베지테리언
메뉴다.

고기가 전혀 없
는 음식으로
만족감을
얻을 수
있는 식
사는 그리
많지 않다. 도를 닦는 마
음으로 카레를 먹고 있던
내 옆에 갑자기 스웨터를
입은 젊고 육감적인 아가씨
가 앉는 바람에 마음이 완전
히 흐트러져버렸다. 아직은 육
식인가.

허
브
티

식후에.

외국을 느끼게 하는 점심식사
가장 좋아하는 나라는 미국

0501 점심 〈Hashelle Cafe〉

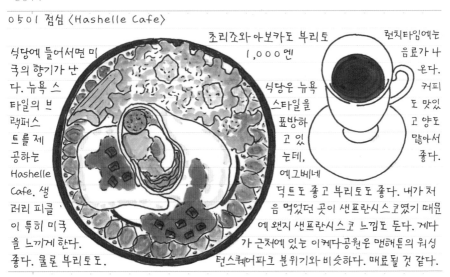

초리죠와 아보카도 부리토
1,000엔

식당에 들어서면 미국의 향기가 난다. 뉴욕 스타일의 브렉퍼스트를 제공하는 Hashelle Cafe. 샐러리 피클이 특히 미국을 느끼게 한다. 좋다. 물론 부리토도.

식당은 뉴욕 스타일을 표방하고 있는데, 에그베네딕트도 좋고 부리토도 좋다. 내가 처음 먹었던 곳이 샌프란시스코였기 때문에 왠지 샌프란시스코 느낌도 든다. 게다가 근처에 있는 이케다공원은 맨해튼의 워싱턴스퀘어파크 분위기와 비슷하다. 매료될 것 같다.

런치타임에는 음료가 나온다. 커피도 맛있고 양도 많아서 좋다.

1022 점심 〈sekuwa corner〉

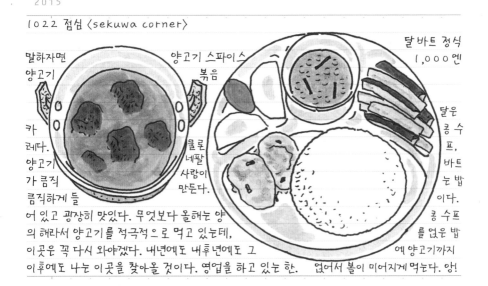

양고기 스파이스 볶음

달바트 정식
1,000엔

말하자면 양고기 카레다. 양고기가 큼직큼직하게 들어 있고 광장히 맛있다. 무엇보다 올해는 양의 해라서 양고기를 적극적으로 먹고 있는데, 이곳은 꼭 다시 와야겠다. 내년에도 내후년에도 그 이후에도 나는 이곳을 찾아올 것이다. 영업을 하고 있는 한.

물론 네팔 사람이 만든다.

달은 콩 수프, 바트는 밥이다. 콩 수프를 얹은 밥에 양고기까지 얹어서 볼이 미어지게 먹는다. 앙!

외국에는 아무때나 쉽게 갈 수 없는데 일본에서 여러 나라의 요리를
즐길 수 있어서 다행이다. 인생 최초의 해외여행은 겨울의 미국이었다.
그곳에서 먹었던 아이 주먹만 한 미트볼을 잊을 수가 없다.

2015

1105 점심 〈서브웨이〉(사카에 브롯사점)

빅 미트볼(wheat)
490엔

1983년
12월
28일,
나는 뉴
욕 맨해튼
에서의 첫날
밤을 맞이하고
있었다. 조금 이른 저녁을 먹으려고
들어간 그리니치빌리지의 이탈리안
식당에서 거대한 미트볼을 만났다.

이 미트볼
보다 두
배쯤
은 컸
다고
생각한
다. 이후 거대
한 미트볼에 대한
동경을 품어왔지만 그
만큼 거대한 것은 아직까
지 만나지 못했다. 하지만
이 서브웨이의 빅 미트볼,
나쁘지 않다.

콘크림
차우더
320
엔

특히
차우더
를 좋아
하는 나
로서는 이것이 클램차우
더였다면 완벽했을 텐데.
전자레인지에 데운 것인
데 감자가 별로 맛이 없
다. 하지만 그럭저럭.

2015

1112 점심 〈Hiokiya〉(사카에점)

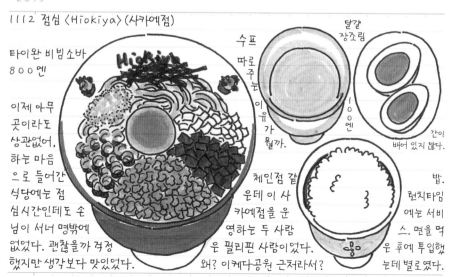

타이완 비빔소바
800엔

이제 아무
곳이라도
상관없어,
하는 마음
으로 들어간
식당에는 점
심 시간인데도 손
님이 서너 명밖에
없었다. 괜찮을까 걱정
했지만 생각보다 맛있었다.

수프
따로
주
는
이
유
가
뭘까.

체인점 같
은데 이 사
카에점을 운
영하는 두 사람
은 필리핀 사람이었
다. 왜? 이케다공원 근처라서?

달걀
장조림
100엔

간이
배어 있지 않다.

밥.
런치타임
에는 서비
스. 면을 먹
은 후에 투입했
는데 별로였다.

매일 먹고 싶은
행복의 맛

● 大和屋, <로쿠교테이六行亭>의 자매점으로 절임반찬 전문점.

0306 점심 <로쿠교테이> (에스카점)

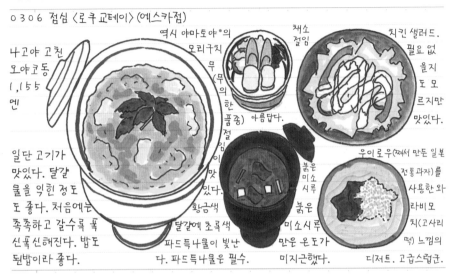

나고야 고친
오야코동
1,155
엔

일단 고기가
맛있다. 달걀
물을 익힌 정도
도 좋다. 처음에는
촉촉하고 갈수록 폭
신폭신해진다. 밥도
된밥이라 좋다.

역시 야마토야*의
모리구치
무
(무
의
한
품종)
이
맛
있
다.
황금색
달걀에 초록색
파드득나물이 빛난
다. 파드득나물은 필수.

채소
절임

붉은
미소
시루

붉은
미소시루
만은 온도가
미지근했다.

치킨 샐러드.
필요 없
을지
도 모
르지만
맛있다.

우이로우(쪄서 만든 일본
전통과자)를
사용한 와
라비모
치(고사리
떡) 느낌의
디저트. 고급스럽군.

0925 점심 <사라시나更科>

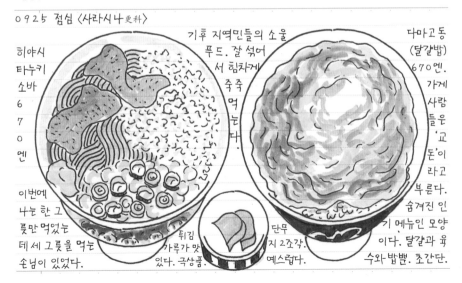

히야시
타누키
소바
6
7
0
엔

이번에
나는 한 그
릇만 먹었는
테세 그릇을 먹는
손님이 있었다.

기후 지역민들의 소울
푸드. 잘 섞어
서 힘차게
주
욱
먹
는
다.

튀김
가루가 맛
있다. 극상품.

단무
지 2조각.
예스럽다.

다마고동
(달걀밥)
670엔.
가게
사람
들은
'교
돈'이
라고
부른다.
숨겨진 인
기 메뉴인 모양
이다. 달걀과 육
수와 밥뿐. 초간단.

평생 같은 것만 먹어야 한다면, 카레나 가쓰돈이 좋다고 답한다. 하지만 평소에 자주 가서 먹지는 않아도 그 식당의 그 요리 하고 떠오르는 것이 있다면, 아마도 그 정도로 마음을 빼앗겼다는 증거겠지. 예컨대 <DA ACHIU>의 마르게리타 같은 음식.

2014

1002 점심 〈DA ACHIU〉

피자 런치(마르게리타, 에스프레소) 1,150엔

접시가 뜨겁다.

솔직히 말해 피자는 1년에 한두 번밖에 먹지 않지만, 이곳의 마르게리타라면 매일이라도 먹고 싶다.

샐러드가 상당히 업고 레이드되었군. 양배추, 경수채, 샐러리, 붉은 양배추, 무, 당근, 파프리카(빨강, 노랑), 오이, 강낭콩으로 양도 종류도 많다. 이 샐러드와 피자로 충분히 만족스러운 한 끼가 된다. 에스프레소는 조금 아쉬웠다.

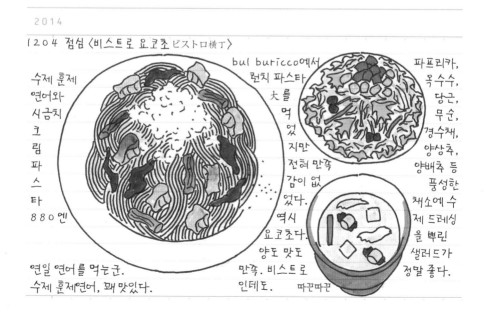

2014

1204 점심 〈비스트로 요코초 ビストロ横丁〉

수제 훈제 연어와 시금치 크림 파스타 880엔

연일 연어를 먹는군. 수제 훈제연어, 꽤 맛있다.

bul buricco에서 런치 파스타 大를 먹었지만 전혀 만족감이 없었다. 역시 요코초다. 양도 맛도 만족. 비스트로인데도.

따끈따끈

파프리카, 옥수수, 당근, 무순, 경수채, 양상추, 양배추 등 풍성한 채소에 수제 드레싱을 뿌린 샐러드가 정말 좋다.

시노다가 꼽은 베스트 식당
앞으로도 계속 다니겠지

1218 아침 〈스미요시〉(1/2)

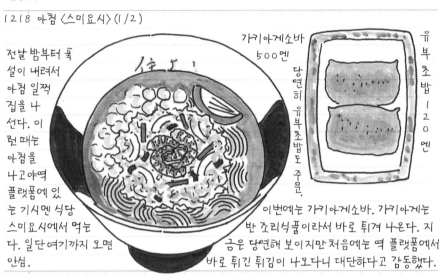

전날 밤부터 폭설이 내려서 아침 일찍 집을 나선다. 이런 때는 아침을 나고야역 플랫폼에 있는 기시멘 식당 스미요시에서 먹는다. 일단 여기까지 오면 안심.

가키아게소바 500엔

당연히 유부초밥도 주문.

유부초밥 120엔

이번에는 가키아게소바. 가키아게는 반 조리식품이라서 바로 튀겨 나온다. 지금은 당연해 보이지만 처음에는 역 플랫폼에서 바로 튀긴 튀김이 나오다니 대단하다고 감동했다.

0521 점심 〈다이파이톤〉

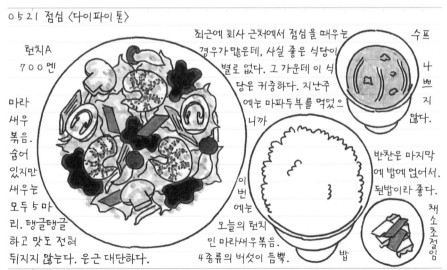

런치A 700엔

마라새우볶음. 숨어 있지만 새우는 모두 5마리. 탱글탱글하고 맛도 전혀 뒤지지 않는다. 은근 대단하다.

최근에 회사 근처에서 점심을 때우는 경우가 많은데, 사실 좋은 식당이 별로 없다. 그 가운데 이 식당은 귀중하다. 지난주에는 마파두부를 먹었으니까. 이번에는 오늘의 런치인 마라새우볶음. 4종류의 버섯이 듬뿍.

수프 나쁘지 않다.

반찬은 마지막에 밥에 얹어서. 덮밥이라 좋다.

밥

채소초절임

이 식당들이 없어지면 곤란한 사람은 나뿐만이 아닐 것이다.

<요시키よし麓>는 볶음밥도 라멘도 꽤 맛있지만, 어떤 부분이 그리 좋은지 묻는다면 콕 집어 말하기는 어렵다. 비범한 평범함일까, 평범한 비범함일까.

2015

0716 점심 <덴푸라메시 시모노이시키>

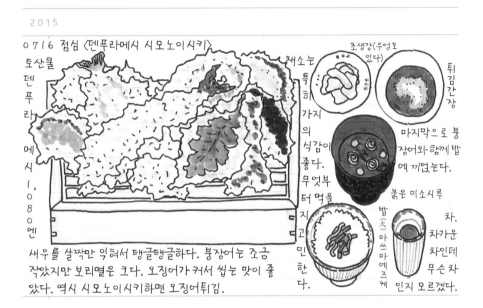

토산물 덴푸라 메시 1,080엔

채소는 특히 가지의 식감이 좋다. 무엇부터 먹을지 고민한다.

초생강(우엉도 있다)

튀김간장

마지막으로 붕장어와 함께 밥에 끼얹는다.

붉은 미소시루

밥(大) 마쓰마에즈케

차. 차가운 차인데 무슨 차인지 모르겠다.

새우를 살짝만 익혀서 탱글탱글하다. 붕장어는 조금 작았지만 보리멸은 크다. 오징어가 커서 씹는 맛이 좋았다. 역시 시모노이시키하면 오징어튀김.

2015

0723 점심 <요시키>

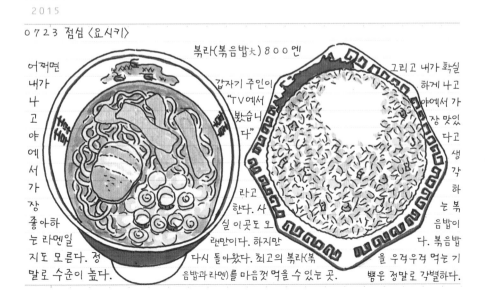

볶라(볶음밥大) 800엔

어쩌면 내가 나고야에서 가장 좋아하는 라멘일지도 모른다. 정말로 수준이 높다.

갑자기 주인이 "TV에서 봤습니다"라고 한다. 사실 이곳도 오랜만이다. 하지만 다시 돌아왔다. 최고의 볶라(볶음밥과 라멘)를 마음껏 먹을 수 있는 곳.

그리고 내가 확실하게 나고야에서 가장 맛있다고 생각하는 볶음밥이다. 볶음밥을 우걱우걱 먹는 기쁨은 정말로 각별하다.

돈가스를 먹으면
강해지는 기분이 든다

0424 점심 〈돈가스 마쓰야〉

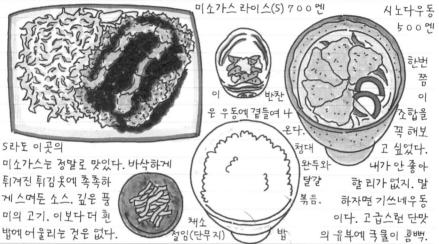

미소가스 라이스(S) 700엔

시노다우동 500엔

S라도 이곳의
미소가스는 정말로 맛있다. 바삭하게
튀겨진 튀김옷에 촉촉하
게 스며든 소스. 깊은 풍
미의 고기. 이보다 더 흰
밥에 어울리는 것은 없다.

채소
절임(단무지)

이
은 우동에 곁들여 나
온다.
반찬

밥

청대
완두와
달걀
볶음.

한번
쯤
이
조합을
꼭 해보
고 싶었다.
내가 안 좋아
할 리가 없지. 말
하자면 기쓰네우동
이다. 고급스런 단맛
의 유부에 국물이 흠뻑.

0814 점심 〈카레노챔피언カレーのチャンピオン〉 (사카에 프린세스점)

딱 일주일 전에 싱가포르의 리틀인디아에서
눈이 번쩍 뜨일 만큼 맛있는 카레를 먹었
다. 하지만 역시 가끔은 일본의 카
레가 먹고 싶어진다. 이
풀처럼 쩐득한
카레가 싫지
않다.

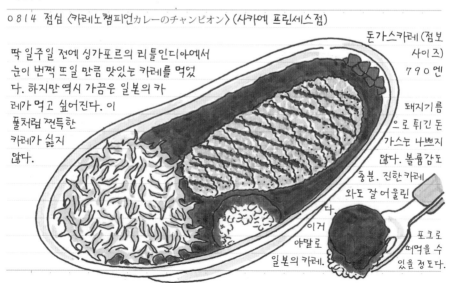

돈가스카레 (점보
사이즈)
790엔

돼지기름
으로 튀긴 돈
가스는 나쁘지
않다. 볼륨감도
충분. 진한 카레
와도 잘 어울린
다.
이거
야말로
일본의 카레.

포크로
먹을 수
있을 정도다.

돼지고기프라이나 소고기프라이 같은 이름이었다면
돈가스도 규가스도 지금의 지위를 구축하기는 어려웠을지 모른다.
'가스'라는 영험 있는 이름을 생각해낸 사람은 위대하다.

0212 점심 〈가나우마〉

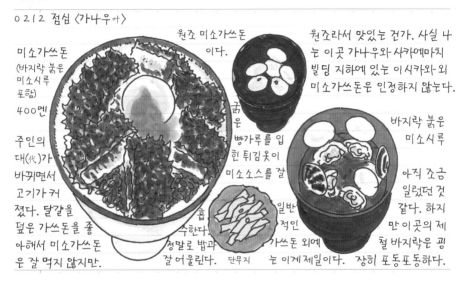

미소가쓰돈
(바지락 붉은
미소시루
포함)
400엔

주인의
대(代)가
바뀌면서
고기가 커
졌다. 달걀을
덮은 가쓰돈을 좋
아해서 미소가쓰돈
은 잘 먹지 않지만.

원죠 미소가쓰돈
이다.

굵
은
빵가루를 입
힌 튀김옷이
미소소스를 잘
흡
수한다.
정말로 밥과
잘 어울린다.

일반
적인
가쓰돈 외에
는 이게 제일이다.

단무지

원죠라서 맛있는 건가. 사실 나
는 이곳 가나우마와 사카에마치
빌딩 지하에 있는 이시카와 외
미소가쓰돈은 인정하지 않는다.

바지락 붉은
미소시루

아직 조금
일렀던 것
같다. 하지
만 이곳의 제
철 바지락은 굉
장히 포동포동하다.

0917 점심〈교토카쓰규京都勝牛〉〈사카에점〉

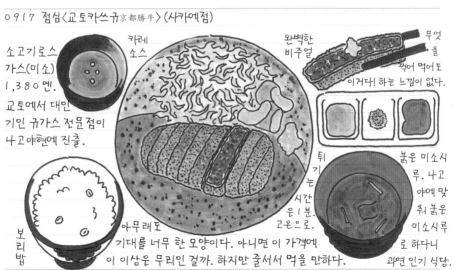

소고기로스
가스(미소)
1,380엔.
교토에서 대인
기인 규가스 전문점이
나고야현에 진출.

보
리
밥

카레
소스

완벽한
비주얼

무엇
을
찍어 먹어도
이거다! 하는 느낌이 없다.

튀
기
는
시
간
은 1분.
고온으로.

아무래도
기대를 너무 한 모양이다. 아니면 이 가격에
이 이상은 무리인 걸까. 하지만 줄서서 먹을 만하다.

붉은 미소시
루. 나고
야에 맞
춰 붉은
미소시루
로 하다니
과연 인기 식당.

식빵이 찢어질 정도로
속이 꽉 찬 샌드위치

0522 점심 〈BROWN BASKET〉

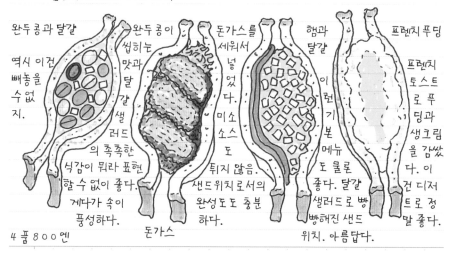

완두콩과 달걀

역시 이건 빼놓을 수 없지.

완두콩이 씹히는 맛과 달걀 샐러드의 촉촉한 식감이 뭐라 표현할 수 없이 좋다. 게다가 속이 풍성하다.

4품 800엔

돈가스를 세워서 넣었다. 미소 소스도 튀지 않음. 샌드위치로서의 완성도도 충분하다.

돈가스

햄과 달걀

이런 기본 메뉴도 물론 좋다. 달걀 샐러드로 빵 빵해진 샌드위치. 아름답다.

프렌치 푸딩

프렌치 토스트로 푸딩과 생크림을 감쌌다. 이건 디저트로 정말 좋다.

1211 점심 〈BROWN BASKET〉

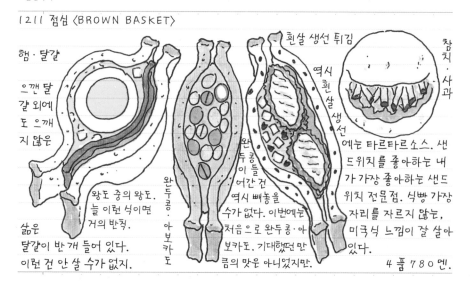

햄·달걀

으깬 달걀 외에도 으깨지 않은 삶은 달걀이 반개 들어 있다. 이런 건 안 살 수가 없지.

왕도 중의 왕도. 늘 이런 식이면 거의 반칙.

완두콩·아보카도

완두콩이 들어간 건 역시 빼놓을 수가 없다. 이번에는 처음으로 완두콩·아보카도. 기대했던 만큼의 맛은 아니었지만.

흰살 생선 튀김

역시 흰살 생선에는 타르타르소스. 샌드위치를 좋아하는 내가 가장 좋아하는 샌드위치 전문점. 식빵 가장자리를 자르지 않는, 미국식 느낌이 잘 살아 있다.

참치·사과

4품 780엔.

인기 있는 식당은 일단 확인해둔다
하지만 줄을 서는 것은 싫다

2015

0827 점심 〈간소 타이완카레 元祖台湾カレー〉(지쿠사점)

타이완카레(닭튀김
2조각) 960엔

기본적으로 카레
가 꽤 맛있다는
사실을 먼저 말해
두지 않으면 안
된다. 돔 형태로
쌓아올린 밥에 타
이완 민쓰를 올리고
그 달콤한 카레를 끼얹
는다. 그리고 달걀노른자를
톡. 맛이 없을 리가 없다.

육즙이 풍부한
닭튀김도
좋다.

사실
대파는
카레에 어
울리는 채소다.

요전에「스타일 플러스」
방송에서 소개한 곳이
다. 어차피 사람이 많을
거라는 생각에 일찍 나
섰지만, 아직 개점도 하
지 않은 오전 11시 전
인데도 이미 먼저 온 손
님이 있었다. 첫 방문이
기도 해서 일단 기본인
타이완카레로. 닭튀김
2조각을 토핑한다. 밥
은 大로 시켜도 추가요
금이 없지만 보통으로
도 충분한 양이다.

2015

1015 점심 〈무쓰기쿠 むつぎく〉

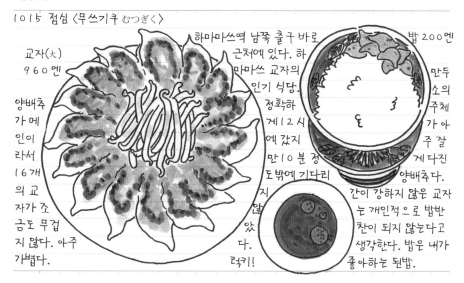

교자(大)
960엔

양배추
가 메
인이
라서
16개
의 교
자가 조
금도 무겁
지 않다. 아주
가볍다.

하마마쓰역 남쪽 출구 바로
근처에 있다. 하
마마쓰 교자의
인기 식당.
정확하
게 12시
에 갔지
만 10분 정
도 밖에 기다리
지
않
았
다.
럭키!

밥 200엔

만두
소의
주체
가 아
주 잘
게 다진
양배추다.

간이 강하지 않은 교자
는 개인적으로 밥반
찬이 되지 않는다고
생각한다. 밥은 내가
좋아하는 된밥.

<코코이치반야>는
늘 진화하고 있다

0619 점심 <코코이치반야> (니시구 시로니시점)

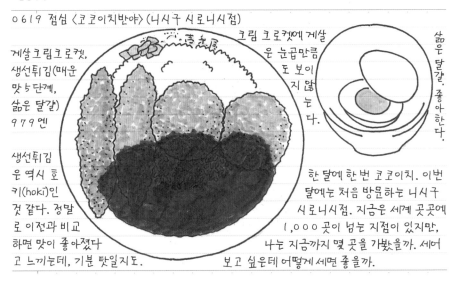

게살크림크로켓,
생선튀김(매운
맛 5단계,
삶은 달걀)
979엔

생선튀김
은 역시 호
키(hoki)인
것 같다. 정말
로 이전과 비교
하면 맛이 좋아졌다
고 느끼는데, 기분 탓일지도.

크림크로켓에 게살
은 눈곱만큼
도 보이
지 않
는
다.

삶은 달걀, 좋아한다.

한 달에 한번 코코이치. 이번
달에는 처음 방문하는 니시구
시로니시점. 지금은 세계 곳곳에
1,000곳이 넘는 지점이 있지만,
나는 지금까지 몇 곳을 가봤을까. 세어
보고 싶은데 어떻게 세면 좋을까.

0724 점심 <코코이치반야> (메이에키 4초메점)

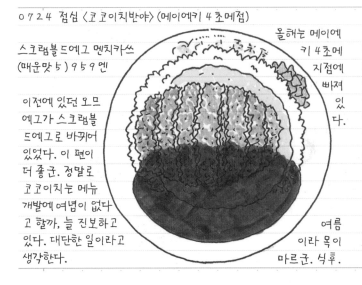

스크램블드에그 멘치카쓰
(매운맛 5) 959엔

이전에 있던 오므
에그가 스크램블
드에그로 바뀌어
있었다. 이 편이
더 좋군. 정말로
코코이치는 메뉴
개발에 여념이 없다
고 할까, 늘 진보하고
있다. 대단한 일이라고
생각한다.

올해는 메이에
키 4초메
지점에
빠져
있
다.

여름
이라 목이
마르군. 식후.

이틀 연속 기쿠이
카쓰에 당해서 어
쩔 수 없이 코코이
치에. 가끔이긴 하
지만 일찍 문을 닫
거나 임시휴업에
걸릴 때가 있다. 최
근 마음가짐이 곱
지 않아서인지도
모르지만. 일단 휴
일과 영업시간을
확인하고 가는데도
이틀 연속은 너무
하군. 투덜투덜.

'한 달에 한 번 <코코이치반야>'를 20년 이상 이어왔을 정도로 팬이다.
오랫동안 토핑 중에서 가장 맛이 없다고 생각했던 생선튀김까지도 맛이 좋아졌다.
옛날 학교급식에서 나오는 수준의 맛도 싫지는 않았지만.

2014

0828 점심 <코코이치반야> (나카구 후시미도리점)

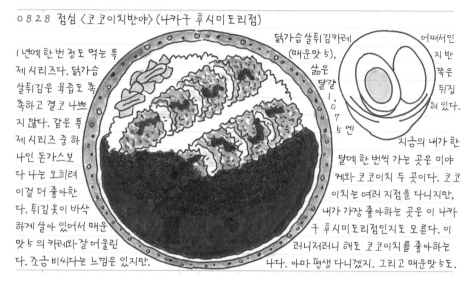

1년에 한 번 정도 먹는 특제 시리즈다. 닭가슴 살튀김은 육즙도 촉촉하고 결코 나쁘지 않다. 같은 특제 시리즈 중 하나인 돈가스보다 나는 오히려 이걸 더 좋아한다. 튀김옷이 바삭하게 살아 있어서 매운맛 5의 카레와 잘 어울린다. 조금 비싸다는 느낌은 있지만.

닭가슴 살튀김카레
(매운맛 5),
삶은 달걀 1, 0 7 5 엔

어째서인지 반쪽은 뒤집혀 있다.

지금의 내가 한 달에 한 번씩 가는 곳이 미야케와 코코이치 두 곳이다. 코코이치는 여러 지점을 다니지만, 내가 가장 좋아하는 곳이 이 나카구 후시미도리점인지도 모른다. 이러니저러니 해도 코코이치를 좋아하는 나다. 아마 평생 다니겠지. 그리고 매운맛 5도.

2015

0611 점심 <코코이치반야> (메이에키4)

크림크로켓, 오징어 959엔.
「스타일 플러스」 촬영 때 호리구치 후미히로 씨가 먹었던 우오히로의 게살 크림크로켓이 맛있어 보여서. 코코이치의 토핑 중에 맛이 없는 편에 속하는 크림크로켓을 토핑. 늦게 갔으니 당연하지만. 그래도 11시45분. 이미 꽤 사람이 많았다.

Cuban House
seafood
총추

12시 15분. 입구에는 기다리는 사람이 상당했다.

여러 번 얘기한 것 같지만, 나는 나고야 사람이 좋아하는 것은 새우튀김이 아니라 오징어튀김이라고 생각한다. 그 증거로, 코코이치에서는 도카이 지역 한정으로 오징어 토핑과 오징어다리튀김을 섞은 오징어 스페셜카레를 선보여왔다. 나는 이 메뉴가 나오기 전부터 직접 오징어와 오징어다리튀김을 섞어서 '완벽한 오징어카레'라고 불렀다.

감칠맛이 혀를 자극하는
튀김 전문점

2014

1225 저녁 〈덴푸라 니이토메 天冨良にい留〉

쑥갓

대구 이리

전복 다 맛있다.

차가운 사케 (호하이)
깔끔한 맛. 같은 것으로

머윗대

아, 쌉쌀한 이 맛 너무 좋다.

추가한다.

해삼. 기본 반찬과 사케로 이미.

참마 눈

연근

촉촉

위쪽: 방어 / 오른쪽: 가리비 찜

소금

별꿀가지

평범 한 채소의 특별한 변신

표고버섯. 눈물이 난다.

❀❀❀ +
17,300엔.
내가 다니는 곳 중 가장 비싼 곳.

새로운 접시.
보리새우 머리 버취향.
어떻게 하면 이렇게 맛있 어질까.

대부분 소금에 찍어 먹지만,

물론 튀김 꼬리도. 간장이 맛있어서.

죽순

새로운 방식

튀김 간장

성게

금귤 뭐든지 가능.

보리새우 2마리.

따끈 따끈

보리멸.

이리

기적

부드럽다.

이건 뭐지?

가리비가 이렇게 맛있었나? 맛이 엄청 진하다.

갑오징어

최근에는 튀김도 갑오징어로 하는 듯

방어

고소하다.

붕장어 뼈

가리비

붕장어

붉은 미소 시루 (바지락) 완벽!

채소 절임

감칠맛이 혀를 자극한다.

고르고 고른 식재료를 숙련된 솜씨로.

굴 탱글탱글 맛있다.

가키아케 튀김덮밥 (새우)

오차즈케로만 들어도 좋지만, 이건 정말 맛있다.

단언컨대 내가 가는 곳 중에서 재료도 솜씨도 가격도 가장 좋은 식당이다.
분기별로 한 번, 계절이 바뀌는 시기에 가고 있다. 보리새우도 붕장어도 살아 있는 것을
주문과 동시에 잡아 요리한다는 이곳은 일명 '튀기는 수족관'이다.

2015

0326 저녁 〈텐푸라 니이토메〉

차가운 사케(스시만)

색이 조금 탁하고 달콤한 맛. 봄다운 향기에 나도 모르게 홀짝홀짝.

이쪽은 미에 현의 사케. 손잡이가 달린 술병이 커엽다.

붕장어 치어. 벚꽃 향기를 담은 소스에 담가 먹는다. 미끌미끌.

18,500엔. 미즈나스

향긋

그릇이 또 바뀌었다

옥돔과 다시마 시메

키조개 다타키

보리새우 머리 2개 먼저 이 녀석으로.

거의 소금만 찍거나 아무것도 없이.

간장은 거의 붕장어 전용.대로

단맛, 기름의 고소한 맛, 그리고 새우의 향기가 순서대로 밀려온다.

보리새우 2개

누에콩 봄답다. 죽순. 육수를 머금고 있다.

보리멸. 좋아한다.

성성한 머릿대. 꿈에 나올 것 같다.

머릿대

봄

쌀싸름

뱅어

아스파라거스

최고 수준

성성하다.

화살 오징어. 나를 울린다.

반딧불오징어 2개

봄 봄 봄

대합.

붉은 무

뿌리 부근이 더 맛있다.

내장의 고소함이 화안

훌륭하다

피망

성게

수북하게 쌓았다.

붕장어 뼈

채소 절임

튀김 오차즈케 (새우)

붕장어 이것만은 튀김 간장에.

머리 부분은 간장에

김이 새롭게 등장

3개월에 한 번 누리는 호사.

미안하네, 피망군.

야키소바에 달걀프라이를 올리면
그것만으로 맛 하나는 보장한다

2015

1001 점심 〈기노카와 紀ノ川〉

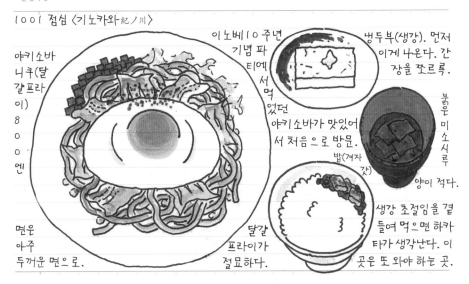

야키소바
니쿠(달
걀프라
이)
800
0
엔

면은
아주
두꺼운 면으로.

이노베10주년
기념파
티에
서
먹
었던
야키소바가 맛있어
서 처음으로 방문.

밥(겨자
간)

달걀
프라이가
절묘하다.

뻥두부(생강). 먼저
이게 나온다. 간
장을 쪼르륵.

붉은
미
소
시
루

양이 적다.

생강 초절임을 곁
들여 먹으면 하카
타가 생각난다. 이
곳은 또 와야 하는 곳.

2015

1008 점심 〈기노카와〉

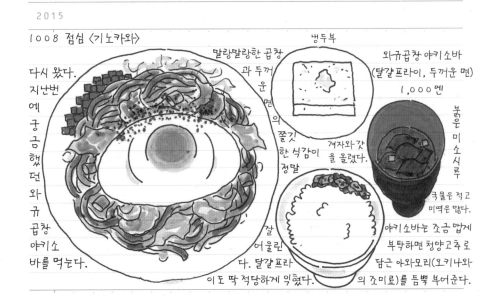

다시 왔다.
지난번
에
궁금했던
와
규
곱창
야키소
바를 먹는다.

말랑말랑한 곱창
과 두꺼
운
면
의
쫄깃
한 식감이
정말

뻥두부

겨자와 갓
을 올렸다.

잘
어울린
다. 달걀프라
이도 딱 적당하게 익혔다.

와규곱창 야키소바
(달걀프라이, 두꺼운 면)
1,000엔

붉은
미
소
시
루

국물은 적고
미역은 많다.

야키소바는 조금 맵게
부탁하면 청양고추로
담근 아와모리(오키나와
의 조미료)를 듬뿍 부어준다.

풍미도 매콤함도 본격적인
한국 요리

0918 점심 〈돈구리どんぐり〉

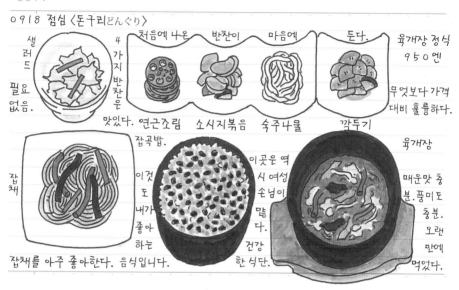

샐러드 필요 없음.

4가지 반찬은 맛있다.

처음에 나온 반찬이 마음에 든다.

연근조림　소시지볶음　숙주나물　깍두기

유개장 정식 950엔

무엇보다 가격 대비 훌륭하다.

잡채

잡채를 아주 좋아한다.

잡곡밥. 이것도 내가 좋아하는 음식입니다.

이곳은 역시 여성 손님이 많다. 건강한 식단.

유개장

매운맛 충분. 풍미도 충분. 오랜만에 먹었다.

0806 점심 〈IL TULLE〉

고추장으로 무친 채소가 그득하다.

생채소가 아삭 아삭.

잘게 썬 대파는 탕에 투입

멸치볶음

송이버섯볶음

배추김치

보리밥 쫀득 쫀득 맛있다.

삼계탕에도 쌀알이 조금 들어 있다. 삼계탕 1,500엔

부글부글 끓고 있는 국물 속에는 닭 반 마리가 통째로. 인삼 등의 한방재료 9종류가 들어 있다.

어떤 김치

「스타일플러스」 방송을 위해 갔는데 엄청 우아한 카페다. 하지만 맛은 본격적. 인정.

커피

간토 지역과 간사이 지역의 서로 다른 음식에 대해

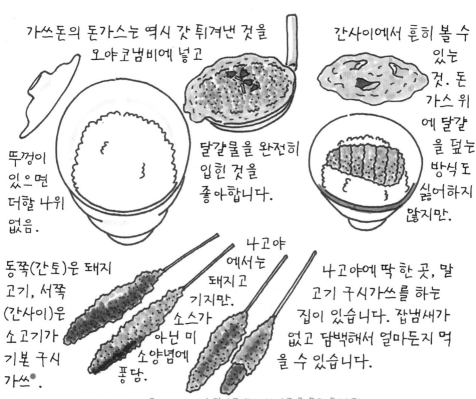

가쓰동의 돈가스는 역시 갓 튀겨낸 것을 오야코냄비에 넣고

달걀물을 완전히 입힌 것을 좋아합니다.

뚜껑이 있으면 더할 나위 없음.

간사이에서 흔히 볼 수 있는 것. 돈가스 위에 달걀을 덮는 방식도 싫어하지 않지만.

동쪽(간토)은 돼지고기, 서쪽(간사이)은 소고기가 기본 구시가쓰*.

나고야에서는 돼지고기지만. 소스가 아닌 미소양념에 퐁당.

나고야에 딱 한 곳, 말고기 구시가쓰를 하는 집이 있습니다. 잡냄새가 없고 담백해서 얼마든지 먹을 수 있습니다.

* くしカツ, 고기, 생선, 채소 따위를 꼬치에 꿰어 밀가루 또는 빵가루를 묻혀 튀긴 것.

나는 누구에게도 지지 않을 파 애호가지만 대파를 훨씬 좋아합니다.

겨울의 고마운 식재료.

파 하나만 봐도 동쪽과 서쪽의 취향이 다르다는 걸 알 수 있다. 일본이 넓은 건가, 아니 긴 건가. 돈코쓰라멘에는 기본적으로 쪽파를 쓰지만, 나는 돈코쓰 국물의 걸쭉함과 대파의 미끌미끌함이 만나는 것을 좋아한다.

金曜日

점심이든 저녁이든
화금*을 만끽하고 싶다

● 華金, 흔히 말하는 '불금'과 중국음식(華)의 이중적 의미

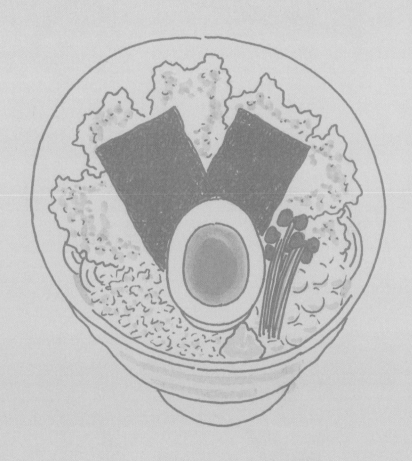

FRIDAY

양고기와 향신료의
조화가 훌륭하다

O130 점심 나고야 춘절제〈엔펜칸延边馆〉(나고 노해양관)

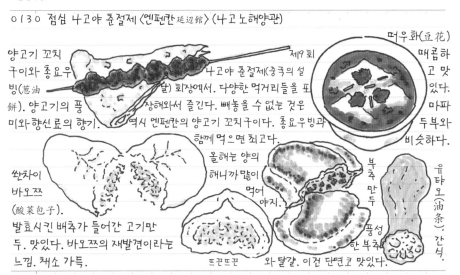

양고기 꼬치
구이와 총요우
빙(葱油
餅). 양고기의 풍
미와 향신료의 향기.

제19회
나고야 춘절제(중국의 설
달) 회장에서. 다양한 먹거리들을 판
매해서 즐긴다. 빼놓을 수 없는 것은
역시 엔펜칸의 양고기 꼬치구이다. 총요우빙과
함께 먹으면 최고다.

올해는 양의
해니까 많이
먹어
야지.

머우화(豆花)
매콤하
고 맛
있다.
마파
두부와
비슷하다.

쌴차이
바오쯔
(酸菜包子).
발효시킨 배추가 들어간 고기만
두. 맛있다. 바오쯔의 재발견이라는
느낌. 채소 가득.

부추
만두

풍성
한 부추
와 달걀. 이건 단연코 맛있다.

유타
오(油条).
간식.

뜨꾼뜨꾼

O605 저녁〈엔펜칸〉

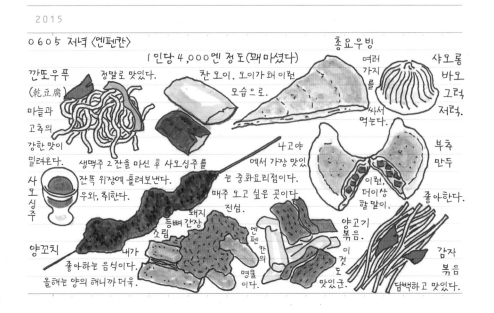

총요우빙

1인당 4,000엔 정도(꽤 마셨다)

깐또우푸
(乾豆腐)
마늘과
고추의
강한 맛이
밀려온다.

정말로 맛있다.

찬 오이. 오이가 왜 이런
모습으로.

여러
가지
를
싸서
먹는다.

샤오롱
바오
그럭
저럭.

사
오
싱
주

생맥주 2잔을 마신 후 샤오싱주를
잔뜩 위장에 흘려보낸다.
우와, 취한다.

나고야
에서 가장 맛있
는 중화요리점이다.
매주 오고 싶은 곳이다.
진심.

부추
만두

이런
더이상
할 말이.

좋아한다.

양꼬치

내가
좋아하는 음식이다.
올해는 양의 해니까 더욱.

돼지
등뼈 간장
조림

엔
펜
칸의

명물
이다.

양고기
볶음.
이
것
도
맛있군.

감자
볶음

담백하고 맛있다.

지나치게 본격적이다보니 중국어를 할 수 있는 가이드가 없으면 주문도 할 수 없는 곳.
하지만 맛있다. 사실 매년 이곳의 양꼬치구이를 먹고 있지만,
양의 해였던 작년에 먹을 때 유난히 더 맛있게 느껴진 건 기분 탓일까.

2015

0220 저녁 〈옌펀칸〉

옌펀칸에서는 무조건 일단은 양고기 꼬치구이다. 올해는 양의 해이기도 하고.

양꼬치
부드럽고 향긋하고 육즙도 풍부하다. 꼬치 4개를 먹었습니다.

춘절제에서 맛을 알게 되어 현재 개인적으로 목하 열애 중이다.

부추만두
부추와 달걀을 넣은 만두인데, 촉촉하고 무척 맛있다. 하하하.

역시 양고기는 맛있다. 이것만으로도 나는 꽤 만족이다. 모 항공사와의 신년회를 나고야에서 가장 정통적인 중화요리점 옌펀칸에서. 어찌된 일인지 옆 테이블에서는 중국어로 이야기하는 프랑스인이 있었다. Bonne année! 새해 복 많이 받으세요!

따끈따끈 등뼈 간장조림
이것도 빼놓을 수 없다. 돼지의 등뼈를 조린 것.

물만두
만두피가 쫄깃하고 맛있다. 엄청 매끄럽다.

지금은 브라질에 있는, 이전 영업 담당자가 좋아했었는데.

건두부 샐러드
이 요리는 중화요리의 기본 메뉴. 나도 여러 곳에서 먹어봤지만 이렇게 맛있는 건 처음. 마늘 향이 진하게 살아 있는 인상적인 맛이다. 정말로 맛있었다.

누에콩 매운 볶음
튀김옷을 입혀서 튀긴 누에콩을 청양고추와 산초를 넣고 볶았다. 매운맛.

꾸라오로우 (古老肉)
중국은 무턱대고 채소를 넣지는 않는군.

여전히 양고기를 먹는다
양의 해가 아니어도 계속

2014

1121 점심 〈간다라 ガンダーラ〉

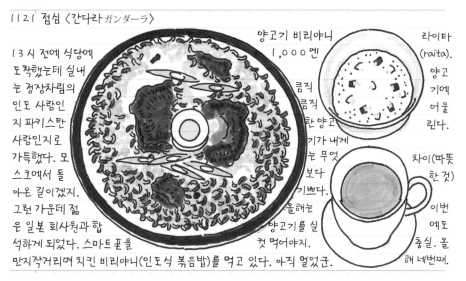

13시 전에 식당에
도착했는데 실내
는 정장차림의
인도 사람인
지 파키스탄
사람인지로
가득했다. 모
스크에서 돌
아온 길이겠지.
그런 가운데 젊
은 일본 회사원과 합
석하게 되었다. 스마트폰을
만지작거리며 치킨 비리야니(인도식 볶음밥)를 먹고 있다. 아직 멀었군.

양고기 비리야니
1,000엔

큼직
큼직
한 양고
기가 내게
는 무엇
보다
기쁘다.
올해는
양고기를 실
컷 먹어야지.

라이타
(raïta).
양고
기에
어울
린다.

차이(따뜻
한 것)
이번
에도
충실. 올
해 네번째.

2015

0116 점심 〈간다라〉

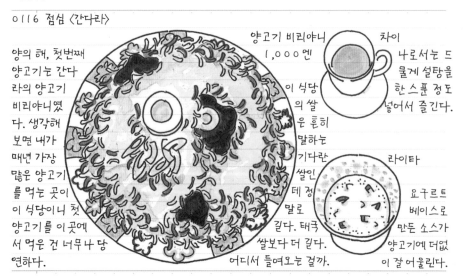

양의 해, 첫번째
양고기는 간다
라의 양고기
비리야니였
다. 생각해
보면 내가
매년 가장
많은 양고기
를 먹는 곳이
이 식당이니 첫
양고기를 이곳에
서 먹은 건 너무나 당
연하다.

양고기 비리야니
1,000엔

이 식당
의 쌀
은 흔히
말하는
기다란
쌀인
데 정
말로
길다. 태국
쌀보다 더 길다.
어디서 들여오는 걸까.

차이
나로서는 드
물게 설탕을
한 스푼 정도
넣어서 즐긴다.

라이타
요구르트
베이스로
만든 소스가
양고기에 더없
이 잘 어울린다.

양고기와 향신료에 쌀까지 더해진 최강의 음식이 양고기 비리야니다.
내가 가장 많은 양고기를 먹은 식당. 닭고기로도 가능하지만 역시 양고기가 맛있다.
원숭이해라고 해서 원숭이를 먹을 수는 없다.

0 7 2 4 점심 〈간다라〉

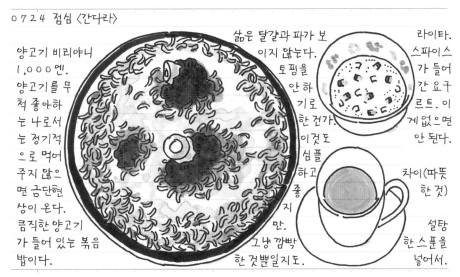

양고기 비리야니
1,000엔.
양고기를 무척 좋아하는 나로서는 정기적으로 먹어 주지 않으면 금단현상이 온다. 큰직한 양고기가 들어 있는 복음밥이다.

삶은 달걀과 파가 보이지 않는다. 토핑을 안 하기로 한 건가. 이것도 심플하고 좋지만. 그냥 깜빡한 것뿐일지도.

라이타. 스파이스가 들어간 요구르트. 이게 없으면 안 된다.

차이(따뜻한 것)
설탕한 스푼을 넣어서.

1 0 0 2 점심 〈간다라〉

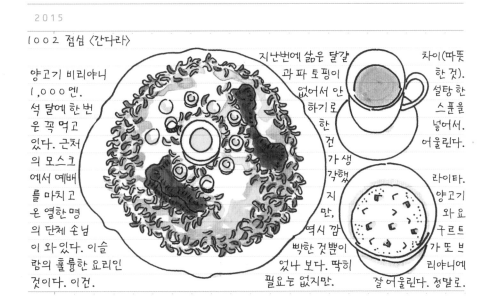

양고기 비리야니
1,000엔.
석 달에 한 번은 꼭 먹고 있다. 근처의 모스크에서 예배를 마치고 온 열한 명의 단체 손님이 와있다. 이슬람의 훌륭한 요리인 것이다. 이건.

지난번에 삶은 달걀과 파 토핑이 없어서 안 하기로 한 건가 생각했지만. 역시 깜빡한 것뿐이었나 보다. 딱히 필요는 없지만.

차이(따뜻한 것). 설탕 한 스푼을 넣어서. 어울린다.

라이타. 양고기와 요구르트가 또 브리야니에 잘 어울린다. 정말로.

일정한 시간이 지나면
몸이 맥주를 원한다

0710 저녁 〈그랑베르 기잔 グランヴェール岐山〉

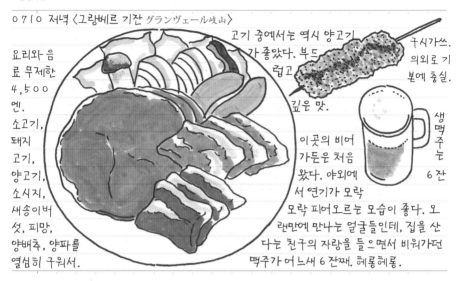

요리와 음료 무제한 4,500엔. 소고기, 돼지고기, 양고기, 소시지, 새송이버섯, 피망, 양배추, 양파를 열심히 구워서.

고기 중에서는 역시 양고기가 좋았다. 부드럽고 깊은 맛.

구시가쓰. 의외로 기본에 충실.

생맥주는 6잔

이곳의 비어 가든은 처음 왔다. 야외에서 연기가 모락모락 피어오르는 모습이 좋다. 오랜만에 만나는 얼굴들인데, 집을 산다는 친구의 자랑을 들으면서 비워가던 맥주가 어느새 6잔째. 헤롱헤롱.

1009 저녁 〈미쿠니三国〉

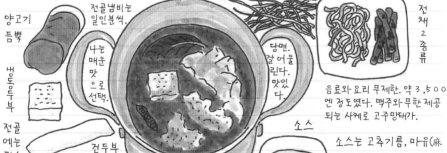

양고기 듬뿍

전골냄비는 일인분씩.

나는 매운맛으로 선택.

당면. 잘 어울린다. 맛있다.

전채 2종류

부드러운두부 전골에는 필수.

건두부 식감이 좋다.

목이버섯, 아주 좋아한다.

부추

경수채

일단 채소도 넣고.

청경채

소스

음료와 요리 무제한. 약 3,500엔 정도였다. 맥주와 무한제공되는 사케로 고주망태가.

소스는 고추기름, 마유(麻油), 사차장(沙茶醬), 떠우화, 커민, 대파를 배합. 각자 좋아하는 것을 골라 배합하면 된다. 아주 좋군. 나는 물로 매운맛으로.

맥주에 가장 어울리는 것은 역시 고기다.
아무래도 내 목은 맥주를 넘기기에 적합한 크기와 형태, 기능을 갖추고 있는 듯하다.
늘 내 잔만 비어 있는 것은 기분 탓일까.

2015

0814 저녁 〈죠코엔 城光園〉

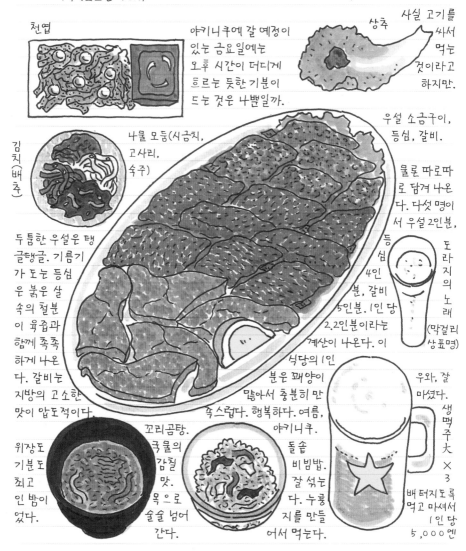

천엽

상추

사실 고기를 싸서 먹는 것이라고 하지만.

야키니쿠에 갈 예정이 있는 금요일에는 오후 시간이 더디게 흐르는 듯한 기분이 드는 것은 나쁜일까.

김치(배추)

나물 모듬(시금치, 고사리, 숙주)

우설 소금구이, 등심, 갈비.

물론 따로따로 담겨 나온다. 다섯 명이서 우설 2인분, 등심 4인분, 갈비 5인분. 1인당 2.2인분이라는 계산이 나온다. 이 식당의 1인분은 꽤양이 많아서 충분히 만족스럽다. 행복하다. 여름, 야키니쿠.

두툼한 우설은 탱글탱글. 기름기가 도는 등심은 붉은 살 속의 철분이 육즙과 함께 촉촉하게 나온다. 갈비는 지방의 고소한 맛이 압도적이다.

도라지의 노래 (막걸리 상표명)

우와, 잘 마셨다. 생맥주 大 × 3 배 터지도록 먹고 마셔서 1인당 5,000엔

위장도 기분도 최고인 밤이었다.

꼬리곰탕. 국물의 감칠맛. 목으로 술술 넘어간다.

돌솥 비빔밥. 잘 섞는다. 누룽지를 만들어서 먹는다.

메뉴는 주인장 마음대로
무조건 믿고 가는 이탈리안 식당

2014

0613 저녁 〈Tavola Calda MIYAKE〉

살짝 태운 빵에 마늘을 문지른 후 올리브오일을 떨어뜨리고 샤코탄 성게를 듬뿍 올린다. 빵과 성게의 조합은 내게는 첫 경험. 정말로 맛있다.

샤코탄 산지의 성게. 삶은 문어 흰살 생선 마리네.

이건 서비스.

프리토 미스토 (fritto misto)

커오징어는 바다의 풍미와 가느다란 다리의 식감이 좋다. 특산 붕장어는 제철에만 느낄 수 있는 맛. 가슴어도 훌륭.

트리파(Trippa) 시칠리아풍

이번에는 가늘고 긴 것이 많았다. 맛은 변함없다.

전채와 트리파를 안주로 스파클링 와인 반병정도를 먹었을 즈음, 단골손님인 여성이 혼자 와서 카운터석의 내 옆자리에 앉았다. 트리파를 먹어가며 미야케 씨에게 소개를 받는다. 살짝 이국적인 느낌의 여성과 대화를 즐기고 있자, 기다리고 기다리던 지상 최고의 고기 중 하나인 시칠리안 흑돼지가 구워지기 시작한다. 무척 맛있다. 실컷 먹고 마시고. 시칠리안과의 즐거운 3시간. 잘 먹었습니다 ✿✿✿ 8,000엔.

프로세코 (스파클링 와인). 물론 병으로. 덥기도 하고.

흑돼지에 맞춰 새롭게 주문한 레드와인

시칠리아식 흑돼지 숯불구이

에스프레소

일부러 갈증이 나게 하려고 회사에서 30분을 걸어 도착한 이곳의 카운터석에서,
스푸만테*가 푸식푸식 거품을 내며 목 안쪽으로 흘러 들어가면, 디너의 시작이다.
•spumante, 이탈리아의 스파클링 와인.

2014

0718 저녁 〈Tavola Calda MIYAKE〉

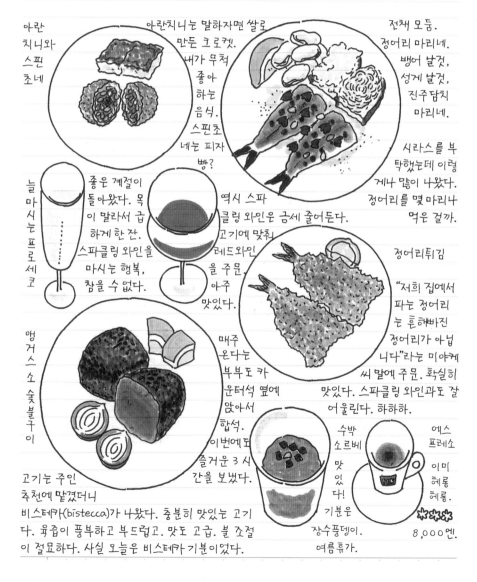

아란
치니와
스핀
초네

아란치니는 말하자면 쌀로
만든 크로켓.
내가 무척
좋아
하는
음식.
스핀초
네는 피자
빵?

전채 모듬.
정어리 마리네.
뱅어 날것,
성게 날것,
진주담치
마리네.

시라스를 부
탁했는데 이렇
게나 많이 나왔다.
정어리를 몇 마리나
먹은 걸까.

늘
마
시
는
프
로
세
코

좋은 계절이
돌아왔다. 목
이 말라서 급
하게 한 잔.
스파클링 와인을
마시는 행복,
참을 수 없다.

역시 스파
클링 와인은 금세 줄어든다.
고기에 맞춰
레드와인
을 주문.
아주
맛있다.

정어리튀김

"저희 집에서
파는 정어리
는 흔해빠진
정어리가 아닙
니다"라는 미야케
씨 말에 주문. 확실히
맛있다. 스파클링 와인과도 잘
어울린다. 하하하.

앵
거
스
소
숯
불
구
이

매주
온다는
부부도 카
운터석 옆에
앉아서
합석.
이번에도
즐거운 3 시
간을 보냈다.

수박
소르베
맛
있
다!
기분은
장수풍뎅이.
여름휴가.

에스
프레소
이미
헤롱
헤롱.

✿✿✿
8,000엔.

고기는 주인
추천에 맡겼더니
비스테카(bistecca)가 나왔다. 충분히 맛있는 고기
다. 육즙이 풍부하고 부드럽고. 맛도 고급. 불 조절
이 절묘하다. 사실 오늘은 비스테카 기분이었다.

전채는 주인 추천이고, 고기만 무엇으로 할지를 정한다.

내가 가장 좋아하는 메뉴는 트리파로 50개월 연속으로 먹고 있다.

큰직하게 자른 벌집양의 식감이 좋다. 오징어먹물 리소토도 아주 좋아한다.

0515 저녁 〈Tavola Calda MIYAKE〉

고등어 마리네. 일단은 가볍게 이걸로.

이곳은 이탈리안 식당인 테도 등 푸른 생선이 늘 맛있다.

빵 어날 것. 비린 내가 전혀 없다. 쌉싸름한 맛이 너무 좋다. 프로세코와 같이.

소 내장 벙채 벌집양, 천엽, 아킬레스건을 마리네 식으로 만든 것. 굉장히 맛있다.

빵. 여러 가지를 얹어서.

트리파 시칠리아풍

물론 맛있다. 역시 나는 트리파가 너무 좋다. 이번에는 찬 것과 따뜻한 것 두 가지의 트리파를 맛봤다. 무어라 형언할 수 없는 행복감.

오징어먹물 리소토. 이 것도 내가 무척 좋아하는 요리. 말하지 않아도 나온다. 내 인생도 버리기는 아까운, 괜찮은 인생이다.

프로세코 (한 병)

만갈리차 새끼돼지. 이렇게 맛있는 돼지 고기는

보통 이곳에서는 메인인 고기만 선택하면 미야케 씨가 다른 메뉴를 조합해 준다. 하지만 이번에는 고기도 미야케 씨가 결정했다. "이거 먹어봐"라고 자신만만하게 말한다. 새끼돼지

먹어 본 적이 없다. 껍질은 바삭하고 고기는 부드럽고. 꿈의 돼지🐷 고기다. 지는 올해 최고의 고기였다.

젤라토 술과 맛있는 음식으로 달아오른 혀에 피스타치오 젤라토가.

에스프레소 진하고 써서 입안을 개운하게 해준다. 잘 먹었습니다. 🌸🌸🌸 12,000엔.

더운 여름날에는 늘 프로세코도 빨리 증발하는 것 같다.
그렇게 많이 마셨다고 생각하지 않았는데 병이 비어 있다.
사실 겨울에도 건조해서 의외로 빨리 증발하지만.

2015

0807 점심 〈Tavola Calda MIYAKE〉

고등어 마리네

정어리 마리네

정도로 이 식당에서는 정어리를 맛있게 요리해 준다. 이번에도 이걸로 시작했는데, 아주 상쾌하다.

등 푸른 생선이 어설픈 스시집보다 훨씬 맛있다. 배 부분에 벌써 기름이 올랐다. 야들야들.

내가 이곳을 정어리 식당이라고 부를

프로세코. 대낮부터 한 병을. 일단 급하게 한 잔. 몸에 확 스며든다.

실은 휴일이라 이런 짓을 하고 있다.

트리파 시칠리아 풍. 위장의 팔랑팔랑하는 작은 부위가 맛있다. 쫄깃쫄깃하다. 확실한 식감. 이번에도 더할 나위 없이 좋은 트리파였다.

포카치아

갓 구운 것. 따끈 따끈.

시노다 스페셜

무슨 생선일까. 진한 감칠맛. 오징어가 탱글탱글.

어찌된 일인지 이번 달 금요일 저녁에는 일정이 꽉 차서. 변칙적으로 평일 점심에 방문한다. 술을 마시지 않을 수 없어서 휴가를 내고 이시가키에서 막 돌아온 미야케 씨를 습격한다. 고기가 준비되지 않았는지 메인은 생선. 8,500엔. ✿✿✿

망고 소르베. 밖을 내다보니 햇살이 반짝반짝. 소르베가 맛있다.

에스프레소. 진하다. 맛있다.

차가운 사케가 목을 타고 넘어간다.
표고버섯 달걀 김말이 적극 추천!

2014

0516 저녁 〈고시노〉

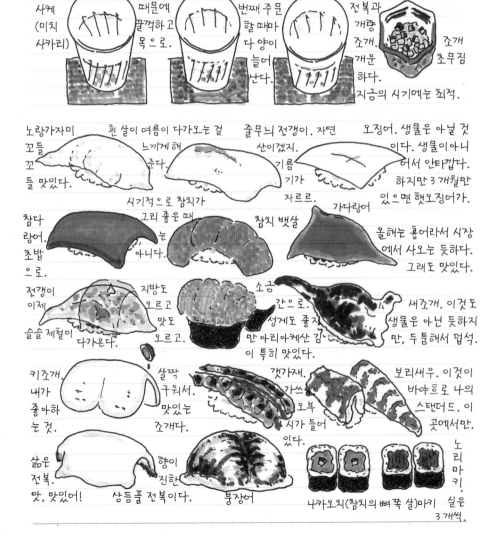

차가운 사케 (미치 사카리)

낮에 더웠기 때문에 꿀꺽하고 목으로.

왠지 두번째 세 번째 주문 함 때마 다 양이 늘어 난다.

조개는 전복과 개량 조개 개운 하다. 지금의 시기에는 최적.

합계12,096엔

조개 초무침

노랑가자미 꼬들 꼬들 맛있다.

흰 살이 여름이 다가오는 걸 느끼게 해 준다.

줄무늬 전갱이. 자연 산이겠지. 기름 기가 자르르.

오징어. 생물은 아닐 것 이다. 생물이 아니 어서 안타깝다. 하지만 3개월만 있으면 햇오징어가.

참다 랑어. 초밥 으로.

시기적으로 참치가 그리 좋을 때 는 아니다.

참치 뱃살

가다랑어

올해는 홍어라서 시장 에서 사오는 듯하다. 그래도 맛있다.

전갱이 이제 슬슬 제철이 다가온다.

지방도 오르고 맛도 오르고.

소금 간으로. 성게도 좋지 만 아리아케산 김 이 특히 맛있다.

새조개. 이것도 생물은 아닌 듯하지 만, 두툼해서 덥석.

키조개 내가 좋아하 는 것.

살짝 구워서. 맛있는 조개다.

갯가재 가쓰 오부 시가 들어 있다.

보리새우. 이것이 바야흐로 나의 스탠더드. 이 곳에서만.

삶은 전복. 앗, 맛있어!

향이 진한 상등품 전복이다.

붕장어

노리마키! 실은 3개씩.

나카오치(참치의 뼈 쪽 살)마키

초밥만큼 그릴 때 즐거운 것이 없다.

먹으면 맛있고, 그리면 즐겁고, 메모를 적으면 기쁘고.

표고버섯 노리마키는 주방장에게 특별히 부탁할 정도로 맛있다.

0116 저녁 〈고시노〉

두툼한 달걀말이. 부드럽다.

테친 가리비

식전차 한잔.

미치사카리
(3잔)
차갑게.
목으로
스르
륵.

2015년 첫 출발이 좋
다. 키가 큰 신참이 있었는
데 명문대생이라고 한다. 프랑
스어가 튀어나온다. 이야기가 통할 것
같다. 나보다 머리가 좋을 것 같지만.

작년에는 다랑어가
품귀 현상이 심했는
데, 근해에서 잡힌 참다
랑어는 반년 만이다. 다행이
다. 이제 못 먹나 걱정했다.
부드럽게 녹는다. 맛있어.

넙치
농어.
나쁘
지 않다.

공미리. 두툼. 이미 만족.

방어. 충분히 기름
이 올랐으면서도
뒷맛이 깔끔하다.

오징어. 사실
지난번
에는
오징어도 없었다.

오마산 참치 초밥
이다.

역시 맛있다.

확실한 맛

참치뱃살

나고야에 딱 한
마리만 가져
왔다고 한다.

전갱이

클수록
맛있다.

최근 바다가
거칠
어서.

고등어
초밥.
스페셜
이다.

성게
성게와 김.
김과 밥알.
밥알과 성게.
최강의 조합.

피
조
개

큼직
해서
바다의 향
기가 듬뿍.
식감도 훌륭하다.

지금까지 최고의 피조개.

보리새우. 나는
이곳 외 다른 곳에서는
새우를 먹지 않는다.

불맛도 입혀서.

붕장
어.
입 속
에서
살살 녹아 사라
진다. 맛있었다.

표고버섯
달걀. 표고
버섯도 조금
얇게 썰어서.

☆☆☆☆
12,000엔.

식재료의 문제가 아니다
흉내 낼 수 없는 프로의 솜씨

2014

1107 점심 〈카페테라스 K〉

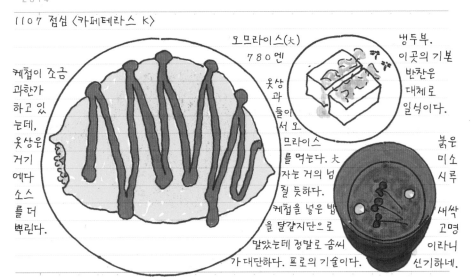

오므라이스(大)
780엔

케첩이 조금 과한가 하고 있는데, 옷상은 거기에다 소스를 더 뿌린다.

옷상과 둘이서 오므라이스를 먹는다. 大 자는 거의 넘칠 듯하다. 케첩을 넣은 밥을 달걀지단으로 말았는데 정말로 솜씨가 대단하다. 프로의 기술이다.

냉두부. 이곳의 기본 반찬은 대체로 일식이다.

붉은 미소 시루

새싹 고명이라니 신기하네.

2015

0227 점심 〈비스트로 요코초ビストロ横丁〉

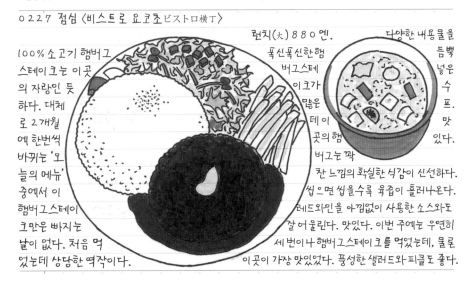

런치(大) 880엔.

100% 소고기 햄버그 스테이크는 이곳의 자랑인 듯하다. 대체로 2개월에 한번씩 바뀌는 '오늘의 메뉴' 중에서 이 햄버그스테이크만은 빠지는 날이 없다. 처음 먹었는데 상당한 역작이다.

폭신폭신한 햄버그스테이크가 많은 데 이곳의 햄버그는 꽉 찬 느낌의 확실한 식감이 신선하다.

다양한 내용물을 듬뿍 넣은 수프. 맛있다.

씹으면 씹을수록 육즙이 흘러나온다. 레드와인을 아낌없이 사용한 소스와도 잘 어울린다. 맛있다. 이번 주에는 우연히 세 번이나 햄버그스테이크를 먹었는데, 물론 이곳이 가장 맛있었다. 풍성한 샐러드와 피클도 좋다.

오므라이스도 햄버그스테이크도 집에서 만들려면 만들 수 있지만
아무래도 사먹어야 하는 음식이라는 생각이 든다. 식재료의 문제가 아닐 것이다.
화력이 달라서일까. 흉내 낼 수 없으니 먹으러 가는 수밖에.

2015

0605 점심 〈히로안〉

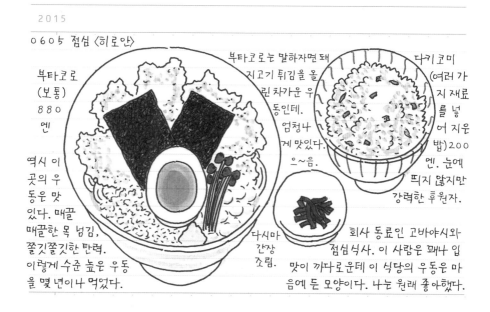

부타코로
(보통)
880
엔

역시 이
곳의 우
동은 맛
있다. 매끌
매끌한 목 넘김,
쫄깃쫄깃한 탄력.
이렇게 수준 높은 우동
을 몇 년이나 먹었다.

부타코로는 말하자면 돼
지고기 튀김을 올
린 차가운 우
동인데.
엄청나
게 맛있다.
으~음.

다시마
간장
조림.

다키코미
(여러 가
지 재료
를 넣
어 지은
밥)200
엔. 눈에
띄지 않지만
강력한 후원자.

회사 동료인 고바야시와
점심식사. 이 사람은 꽤나 입
맛이 까다로운데 이 식당의 우동은 마
음에 든 모양이다. 나는 원래 좋아했다.

2015

0918 점심 〈키친 미르푸아〉

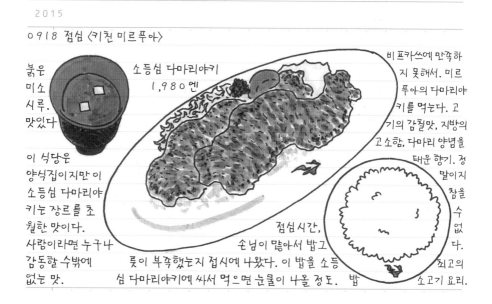

붉은
미소
시루.
맛있다

소등심 다마리야키
1,980엔

이 식당은
양식집이지만 이
소등심 다마리야
키는 장르를 초
월한 맛이다.
사람이라면 누구나
감동할 수밖에
없는 맛.

비프카쓰에 만족하
지 못해서. 미르
푸아의 다마리야
키를 먹는다. 고
기의 감칠맛, 지방의
고소함, 다마리 양념을
태운 향기. 정
말이지
참을
수
없
다.
최고의
소고기 요리.

점심시간,
손님이 많아서 밥그
릇이 부족했는지 접시에 나왔다. 이 밥을 소등
심 다마리야키에 싸서 먹으면 눈물이 나올 정도. 밥

봄을 데려올 듯한
저녁을 먹으러

2014

0404 저녁 〈니이토메〉

뱅 사케
2병째는 용기를 바꿔서.

주순과 미역

불똥꼴뚜기

봄다운 소품도 술에 어울린다. 계절감 충분.

★★★ 13,614엔
올해 들어 처음.

채소절임
오이, 배추에 고추냉이를 넣어서.

히로시마의 무슨 과일이라고 했는데. 산뜻한 맛.

벌써 술이 오르는 느낌.

대부분이 소금 양념.

센차. 뜨거운 차를 후우 불어서.

호지차

튀김 간장도 훌륭. 진하다.

오징어. 이것도 미찬가지.

머윗대

키조개

오갈피 잎. 산나물 좋다.

보리새우 (2마리)

속은 거의 레어. 달다. 행복~

머윗대 흔하지 않다.

조금 쓰다.

개량조개 사용

죽순. 간장에.

아스파라거스

옥돔. 태어나서 처음.

쓰키지에서

산마늘

보리멸 크고 보들보들. 꼬리 쪽은 간장에 찍어서.

이렇게 두꺼운데 마디가 없다.

새끼 은어

내장의 쓴맛, 은어의 향기. 기품 있다.

누에콩

한알씩 먹는다.

새우 표고버섯 튀김

덴차 (오차즈케 위에 튀김을 얹은 음식)

보리새우. 눈이 번쩍.

잘 먹었습니다.
탱글탱글함과 단맛이 훌륭하다.

붕장어 사르륵 녹는다.

이건 간장에

붕장어 뼈

뚜껑 안쪽에 고추냉이가 조금. 주인의 센스.
정말 맛있다. 덴차 최고!

산나물이나 머윗대, 아스파라거스를 먹으면 봄이라고 느낀다.
어렸을 때 화이트 아스파라거스는 캔으로 된 것밖에 없었고,
산나물 같은 운치 있는 것은 본 적도 없었는데.

2015

0313 저녁 〈Innover〉

압생트. 향기롭다.

추위가 조금은 누그러졌어도 봄은 아직이라고 생각했는데 아스파라거스가 나

오늘 걸 보니 역시 봄이 다가온 모양이다. 10개의 아스파라거스를 전채로 날름 먹어치운다. 전부 이어보면 2미터는 될 것같다.

프랑스산 화이트 아스파라거스

전채에 화이트 와인이 잘 어울린다.

소뮈르 블랑 2종 코트 뒤 론 빌라주

카레가루가 들어간 소스와

아스파라거스의 조합도 좋다.

파리에 가고 싶어진다. 갈 거지만.

카베르네 쇼비뇽

프로마주

식전술, 전채, 메인, 프로마주, 그리고 디저트. 물론 로제 와인.

내가 좋아하는 레드와인. 과감하게.

새로운 노트의 첫 페이지를 이 노베에서의 디너로 장식한다.

프랑브아즈 소르베. 디저트는 서비스. 충실한 디너. 에스프레소

프랑스산 Rognon de veau(송아지 콩팥 요리).

메뉴판을 보고 있자 셰프 이노우에 씨가 슬며시 다가와 "로뇽 있습니다"라는 매혹적인 말을 속삭인다. 레어인 부분은 신선한 고기의 고소함, 잘 익은 부분은 쫄깃쫄깃한 식감, 고급스런 지방질의 맛. 머스터드 소스까지 완벽하다. 잘 먹었습니다! ✿✿✿ 8,400엔.

누구라도 항복하게 만드는
쫀득쫀득 반숙 메추리알

2014

0 4 2 5 저녁 〈센카메千龜〉

닭껍질. 다른 건 몰라도 일단 껍질이다. 기것 해야 껍질인데.

지금까지 이렇게 맛있는 껍질은 먹어 본 적이 없다.

꼬리부위. 톡 깨물면 사르르 녹는 다.

지금까지 이렇게 맛있는 물렁뼈는. 물렁뼈 2년만.

양배추 아삭아삭

닭날개

사케 (2잔)

차갑게. 이곳은 역시 사케가 어울린다. 생맥주도 3잔 마셨지만.

레몬.

대부분의 꼬치구이는 소금만으로 담백하게.

닭모래집. 깜짝 놀랄 정도로 잡내가 없다.

염통. 내장부위의 잡냄새가 전혀 없다는 건 그만큼 선선하다는 뜻이겠지.

독창적이다.

간. 폭신폭신, 눅진눅진. 식감이 재미있다.

닭가슴살 고추냉이구이. 속은 레어. 입속에서 사르르.

고천(나고야 산 닭 품종 중 하나) 쓰쿠네.

따끈, 촉촉, 꼬들꼬들. 정말 고급진 맛. 이것까지도 소금구이로 먹는다.

미니양파. 따끈따끈

집중의 백미다. 살짝 입속에 넣고 톡 깨물면 퍼지는, 뭐라 표현할 수 없는 진한 맛.

이 집은 처음 오면 대부분 모든 꼬치구이에 감동하게 되는데, 특히 이 메추리알의 예상 밖의 맛에는 항복하지 않을 수 없을 것이다.

오야코동

고천 수프. 소금 간으로 깔끔한 맛. 음주 후에 아주 좋다.

미성숙 달걀 (난황).

메구 씨, 아쓰코, 힛시, 나 이렇게 넷이서 19,000엔 정도.

오야코동. 두 개를 네 명이서 나눠 먹었다. 고기는 조금 오래된 듯 맛이 약하다. 달걀은 탱글탱글. 대만쪽

하지만 이것까지 해서도 1인당 5천 엔이 안 된다니 싸다.

와라비모치

처음 먹어 보는 듯.

☆☆☆

단골식당에 가면 사람들이 말을 걸어온다
유명인이 된 기분

0821 점심 〈Innover〉

쫄깃쫄깃한 족발에 붉은 양파
와 토마토를 조금 섞었다.
산미와 마늘 맛을
살린 타르
타르소
스, 벌
꿀을 넣
은 머스
터드소스
와 함께 먹는다. 내가
아주 좋아하는 요리. 이
전채만으로도 꽤 든든하다.

menu blanc
1,500엔
채소샐러드
바게트에 소스를
묻혀서 먹는다.

돼지족발 멜랑제
샐러드

최근 체중
감량 중
이라서
늘 배가
고프다.
이 한 접
시에 눈물
이 나온다.

아
쉽
게
도

그냥
물

식당을 나와 걷기 시작
하자 낯선 남자가 따라 나와 나를
부른다. "시노다 과장님이십니
까?" 텔레비전 방송 「사라메
시」에서 나를 보았다고 한다.
깜짝 놀랐다. 더욱 놀라운 것
은 그
남성.
이노베
근처에
살고 있지만
오늘 처음 왔다고 한다.
이렇게 아까울 수가. 나는 7년 전에 처음
방문한 이후 1년에 30번 이상 오고 있다.
그런 식당인 것이다.

뵈프 미로통
과 버터
라이스

큼직한
소힘줄
과 버터
라이스
가 잘 어울
린다. 맛있다.

무스
오 쇼
콜라

이번에는
조금
사치를.

에
스
프
레
소

매일 메뉴가 바뀌는
중화요리점

0530 점심 〈다이파이톤〉

런치A(마파두부)
700엔

CA의 히오키
씨와 함
께 갔다.
CA 바로
뒤에 있
어서. 그
럴 의도는
아니었지만
CA의 경비로.

7월 같은 더위가 찾
아왔지만 이 마
파두부는
메뉴에서
빼놓을
수 없다는
듯 꽤많
은 손님
이 마파
두부를
주문한다.
보글보글 끓
고 있다. 모두 땀을
흘리며 먹고 있다.

수프(미역, 달걀)

채소초절임

개운
하다.

밥은 추가가 가
능하지만 그
렇게 하지
못한다.
마파두부의
양이 상당하
기 때문에. 사
실은 더 먹고 싶
었지만.

0711 점심 〈다이파이톤〉

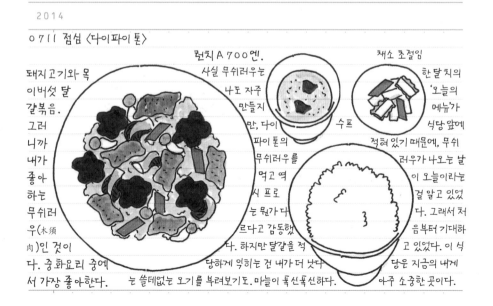

돼지고기와 목
이버섯 달
걀볶음.
그러
니까
내가
좋아
하는
무쉬러
우(木須
肉)인 것이
다. 중화요리 중에
서 가장 좋아한다.

런치A 700엔.
사실 무쉬러우는
나도 자주
만들지
만, 다이
파이톤의
무쉬러우를
먹고 역
시 프로
는 뭔가 다
르다고 감동했
다. 하지만 달걀을 적
당하게 익히는 건 내가 더 낫다
는 쓸데없는 오기를 부려보기도. 마늘이 폭신폭신하다.

수프

채소 초절임

한 달 치의
'오늘의
메뉴'가
식당 앞에
적혀 있기 때문에, 무쉬
러우가 나오는 날
이 오늘이라는
걸 알고 있었
다. 그래서 처
음부터 기대하
고 있었다. 이 식
당은 지금의 내게
아주 소중한 곳이다.

해산물이 싸고 맛있는 <다이파이톤>. 어설픈 스시 집보다 좋은 오징어를 사용한다.
예전에 매주 주말이 되면 집에서 무쉬러우를 만들었는데
그 때문에 아이들이 목이버섯을 싫어하게 되었다. 무슨 일이든 정도가 있기 마련.

2014

1219 점심 <다이파이톤>

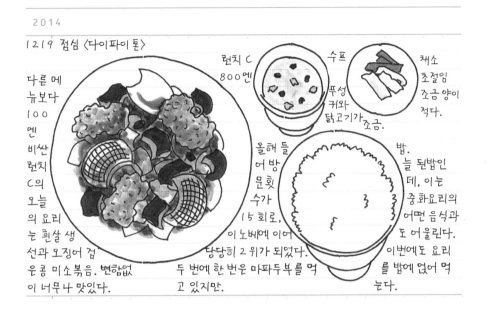

런치 C
800엔

수프

채소
초절임
조금 양이
적다.

다른 메
뉴보다
100
엔
비싼
런치
C의
오늘
의 요리
는 흰살 생
선과 오징어 검
은콩 미소볶음. 변함없
이 너무나 맛있다.

풍성
키와
닭고기가 조금.

올해 들
어 방
문횟
수가
15회로,
이 노버에 이어
당당히 2위가 되었다.
두 번에 한 번은 마파두부를 먹
고 있지만.

밥.
늘 된밥인
데, 이는
중화요리의
어떤 음식과
도 어울린다.
이번에도 요리
를 밥에 얹어 먹
는다.

2015

0612 점심 <다이파이톤>

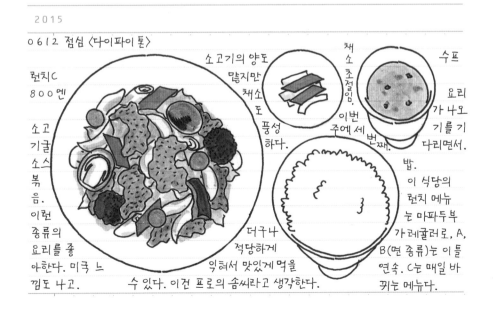

소고기의 양도
많지만 채소
도
풍성
하다.

채소
초절임.
이번
주에 세
번째.

수프

런치C
800엔

소고
기굴
소스
볶
음.
이런
종류의
요리를 좋
아한다. 미국 느
낌도 나고.

더구나
적당하게
익혀서 맛있게 먹을
수 있다. 이건 프로의 솜씨라고 생각한다.

요리
가 나오
기를 기
다리면서.

밥.
이 식당의
런치 메뉴
는 마파두부
가레굴러로, A,
B(면 종류)는 이틀
연속. C는 매일 바
뀌는 메뉴다.

맛있고 푸짐한
크렘 브륄레

0529 저녁 〈비스트로 푸페〉

양파 블랑망제, 식용 달팽이 베니에. 에피타이저입니다.

생각해보니 식용 달팽이는 파리에 처음 갔을 때 먹어본 이후, 21년만이다. 맛있었다. 그리고 양파블랑망제의 맛은 또 얼마나 좋던지.

바게트 (수제)

뱅무쇠(스파클링 와인)

더웠던 탓에 급하게 한잔. 그 후 한 병. 으~ 취한다.

푸페 3주년 한정 3,333엔 코스를 먹는다. 에피타이저, 전채, 메인, 디저트에 스파클링 와인 한 잔이 나오니까 엄청 싼 가격인 건 말할 필요도 없다. 맛과 양 모두 대만족이다. 갈수록 기대되는 식당이다.

해산물 수제 소시지. 파, 방울토마토를 넣은 수프로 완성. 지난달부터 이 곳에서 일하는 직원이 여러 가지로 설명을 해주었지만 기억나지 않는다. 도미, 가리비, 게 등의 최상급 식재로 만든 어묵 같은 거라고 하면 화낼지도 모르겠군.

영계로 만든 발로틴 슈파르시 (Ballotine Chou farci), 감자 오븐구이.

퇴근 시간이 돼서야 급하게 허둥지둥. 나 혼자 뒤늦게 달려가는 꼴이 되었다. 쳇!

실은 이 식당의 크렘 브륄레가 맛있다. 렌즈콩이 들어간 것은 마음에 안 든다. 무스 오 쇼콜라도 맛있다. 디저트 세트.

에스프레소

<비스트로 푸페>는 메뉴가 그리 다양하지는 않지만,
확실히 비스트로라고 할 수 있는 곳이다.
볼륨감 가득한 크렘 브륄레는 파삭하고 부드럽다. 와인 가격이 싼 것도 기쁘다.

2015

0828 점심 <비스트로 푸페>

어쩌다 보니 대낮부터 한잔 했는데 엄청나게 맛있었다.

뱅 블랑

수제 바게트

흰 소시지.
전채일 뿐인데
양은 메인
급이다.
두툼한
소시지
2개와
바게트.
충분히
많다.

맛있다.
화이트
와인이다.

이번
바게트
는 심하게
맛있다.

차가운 화이트와인을
홀짝홀짝 마시면서 흰 소시지를 즐긴다.
하아, 행복해! 한 병을 다섯 모금에 비
운다. 두 병에 열 모금. 안주로는 사우어
크라우트(소금에 절인 양배추) 비슷한 요
리. 산미를 더한 양배추. 완벽한 조합이다.

흑돔 포셰
(pocher)

이런 모
습으로
나올
거라고
는 상상도
못했다. 수프
형태다.

메인은 생선
을 선택했는
데, 흑돔과 색
색의 채소(강낭콩, 브
로콜리, 버섯, 하
얀 강낭콩, 감
자)가 생선수
프 위에 떠
있다. 타진
냄비 같다. 맛
있다.

크렘 브륄레

조금
망설
였는
데,
역시
이거지.

바삭하고
폭신폭신.

에스프레소

커피를 마시고 있
는데 갑자기 나메
코가 들어왔다.
애인이랑 함께.

✿ ✿ 전부해서 2,700엔

예술적인 자태와 맛,
이곳의 주인만이 재현할 수 있다

0411 점심 〈Big Ben Diner〉

수프는 꽝.

치즈버거 세트 1,050엔

진저에일

최근 나고야에도 본격적인 햄버거를 만드는 가게가 늘었지만, 니시구 히라라는 곳은 나고야의 외곽 중 외곽. 기

나는 왠지 햄버거에는 진저에일을 마신다.

매일 40개 한정으로 가게에서 굽는다는 번스가 훌륭하다. 빵이 주인공이라는 느낌마저 든다.

타나고야시와의 경계 근처에 있다. 이런 곳에 어떻게 이런 가게를 열었을까. 주인은 언뜻 보기에는 가벼워 보이지만 신념이 있는 사람이다. 접객 태도도 기분 좋다.

1023 점심 〈니시아사히 西アサヒ〉

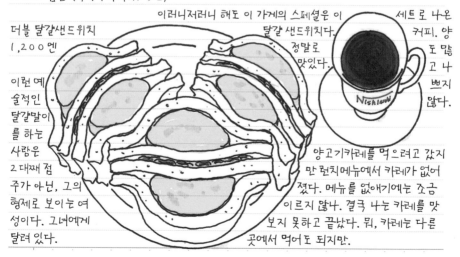

더블 달걀샌드위치
1,200엔

이런 예술적인 달걀말이를 하는 사람은 2대째 점주가 아닌, 그의 형제로 보이는 여성이다. 그녀에게 달려 있다.

이러니저러니 해도 이 가게의 스페셜은 이 달걀 샌드위치다. 정말로 맛있다.

세트로 나온 커피. 양도 많고 나쁘지 않다.

Nishiasahi

양고기카레를 먹으려고 갔지만 런치메뉴에서 카레가 없어졌다. 메뉴를 없애기에는 조금 이르지 않나. 결국 나는 카레를 맛보지 못하고 끝났다. 뭐, 카레는 다른 곳에서 먹어도 되지만.

식당 직원들과 무리하게 친해지려는
생각은 없지만…

0620 점심 〈카레노오오야 난요노치치〉

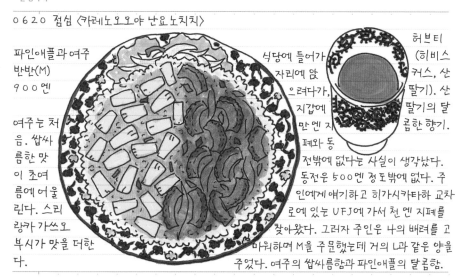

파인애플과 여주
반반(M)
900엔

여주는 처음. 쌉싸름한 맛이 초여름에 어울린다. 스리랑카 가쓰오부시가 맛을 더한다.

허브티
(히비스커스, 산딸기). 산딸기의 달콤한 향기.

식당에 들어가 자리에 앉으려다가, 지갑에 만 엔 지폐와 동전밖에 없다는 사실이 생각났다. 동전은 500엔 정도밖에 없다. 주인에게 얘기하고 히가시카타하 교차로에 있는 UFJ에 가서 천 엔 지폐를 찾아왔다. 그러자 주인은 나의 배려를 고마워하며 M을 주문했는데 거의 L과 같은 양을 주었다. 여주의 쌉싸름함과 파인애플의 달콤함.

1031 점심 1101 점심 〈모모키친 モモ キッチン〉

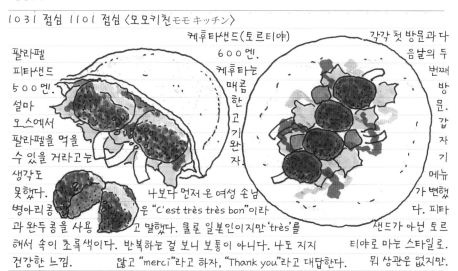

팔라펠
피타샌드
500엔.
설마
오스에서
팔라펠을 먹을
수 있을 거라고는
생각도
못했다.
병아리콩
과 완두콩을 사용해서 속이 초록색이다.
건강한 느낌.

케후타샌드(토르티야)
600엔.
케후타는
매콤
한
고
기
완
자.

나보다 먼저 온 여성 손님은 "C'est très très bon"이라고 말했다. 물론 일본인이지만 'très'를 반복하는 걸 보니 보통이 아니다. 나도 지지 않고 "merci"라고 하자, "Thank you"라고 대답한다.

각각 첫 방문과 다음날의 두 번째 방문. 갑자기 메뉴가 변했다. 피타샌드가 아닌 토르티야로 마는 스타일로. 뭐 상관은 없지만.

다시 가고 싶은 식당의 세 가지 조건

다시 가고 싶은 식당의 세 가지 조건은

① 아주 뛰어난 개성
상당히 개성이 있으면서도 또한 맛이 있는 식당. 〈니시아사히〉의 더블 달걀샌드위치는 모양도 멋지지만 폭신폭신한 달걀말이가 달걀 애호가들에게는 참을 수 없는 맛일 터. 당연히 다시 가게 된다.

달걀 샌드위치로 충실한 포만감을 느낄 수 있다.

② 응원하고 싶어지는 점주
성실해 보이는 주인이 식당을 운영하면 아무래도 응원하고 싶어진다. 물론 맛이 있어야 하는 건 기본이지만.

요전에 개점 2주년을 맞이한 〈양식 우오히로〉. 이렇게 성실한 가게는 딱히 내가 응원하지 않아도 잘 되겠지만.

③ 무조건 항복

기후의 보물이라고 해도 좋다.

그림을 그리고 나니 먹고 싶어졌다.

2년에 한 번 정도 차원이 다른 맛을 만나는 경우가 있다. 그럴 때는 무조건 항복이다. 누가 뭐라 해도 나는 계속 드나들게 된다. ① ② ③의 조건을 모두 갖춘 곳이 기후의 〈고초안 센바〉다. 소바 애호가인 내가 53년의 인생을 살면서 다다른 정점의 식당이다.

土曜日

조금 과음하면 어때
내일도 쉬는 날인데

SATURDAY

쉬는 날에는 조금 멀리 원정을 나간다
가볍게 여행을 하는 기분으로

0308 점심 〈코코이치반야〉 (나가하마8호 바이패스점)

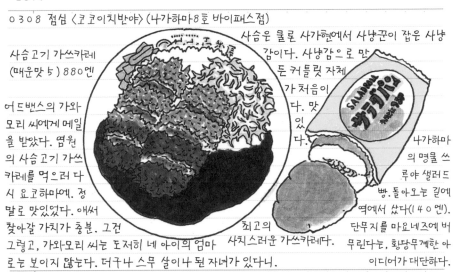

사슴고기 가쓰카레
(매운맛 5) 880엔

어드밴스의 가와
모리 씨에게 메일
을 받았다. 엽원
의 사슴고기 가쓰
카레를 먹으러 다
시 요코하마에. 정
말로 맛있었다. 애써
찾아갈 가치가 충분. 그건

사슴은 물론 사가현에서 사냥꾼이 잡은 사냥
감이다. 사냥감으로 만
든 커틀릿 자체
가 처음이
다. 맛
있
다.

나가하마
의 명물 쓰
루야 샐러드
빵. 돌아오는 길에
역에서 샀다(140엔).
최고의
사치스러운 가쓰카레다.

단무지를 마요네즈에 버
무린다느, 황당무계한 아
이디어가 대단하다.

그렇고, 가와모리 씨는 도저히 네 아이의 엄마
로는 보이지 않는다. 더구나 스무 살이나 된 자녀가 있다니.

1107 점심 〈기부네〉

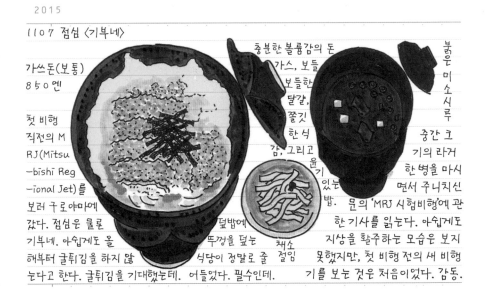

가쓰돈(보통)
850엔

첫 비행
직전의 M
RJ(Mitsu
-bishi Reg
-ional Jet)를
보러 구로야마에
갔다. 점심은 물론
기부네. 아쉽게도 올
해부터 굴튀김을 하지 않
는다고 한다. 굴튀김을 기대했는데.

충분한 볼륨감의 돈
가스, 보들
보들한
달걀,
쫄깃
한 식
감, 그리고
윤기 있는
밥.

덮밥에
뚜껑을 덮는
식당이 정말로 줄
어들었다. 필수인데.

채소
절임

붉은
미
소
시
루

중간 크
기의 라거
한 병을 마시
면서 주니치신
문의 'MRJ 시험비행'에 관
한 기사를 읽는다. 아쉽게도
지상을 활주하는 모습은 보지
못했지만, 첫 비행 전의 새 비행
기를 보는 것은 처음이었다. 감동.

휴일에는 기본적으로 무슨 용무가 있어서 나가는 길이 아니면 거의 외식을 하지 않지만,
<코코이치반야>의 사슴고기 가쓰카레를 먹기 위해 눈이 내리는 날씨에도
일부러 외출했다. 12월~3월 한정이기 때문에 조금 추워도 참는다.

2014

0920 점심 〈도쿠베이차야德兵衛茶屋〉

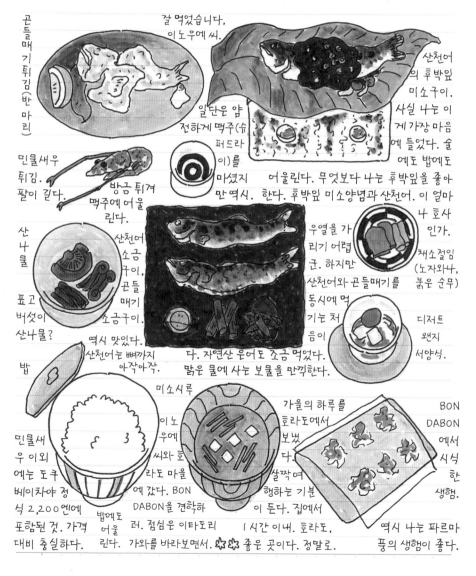

곤들매기튀김(반마리)

잘 먹었습니다. 이 노우에 씨.

산천어의 후박잎 미소구이. 사실 나는 이게 가장 마음에 들었다. 술에도 밥에도 어울린다. 무엇보다 나는 후박잎을 좋아한다. 후박잎 미소양념과 산천어. 이 얼마나 호사인가.

채소절임 (노자와나, 붉은 순무)

민물새우 튀김. 팔이 길다.

방금 튀겨 맥주에 어울린다.

일단은 얌전하게 맥주(슈퍼드라이)를 마셨지만 역시.

산나물

산천어 소금구이, 곤들매기 소금구이.

표고버섯이 산나물?

역시 맛있다. 산천어는 뼈까지 아작아작.

우열을 가리기 어렵군. 하지만 산천어와 곤들매기를 동시에 먹기는 처음이다. 자연산 은어도 조금 먹었다. 맑은 물에 사는 보물을 만끽한다.

디저트 왠지 서양식.

밥

미소시루

민물새우 이외에는 도쿠베이차야 정식 2,200엔에 포함된 것. 가격 대비 충실하다.

밥에도 어울린다.

이노우에 씨와 호라도 마을에 갔다. BON DABON을 견학하러. 점심은 이타도리 가와를 바라보면서. ✿✿ 좋은 곳이다. 정말로.

가을의 하루를 호라도에서 보냈다. 살짝 여행하는 기분이 돈다. 집에서 1시간 이내. 호라도, 좋은 곳이다. 정말로.

BON DABON에서 시식한 생햄. 역시 나는 파르마 풍의 생햄이 좋다.

토요일 대낮부터
맥주를 꿀꺽꿀꺽

1004 점심 〈기부네〉

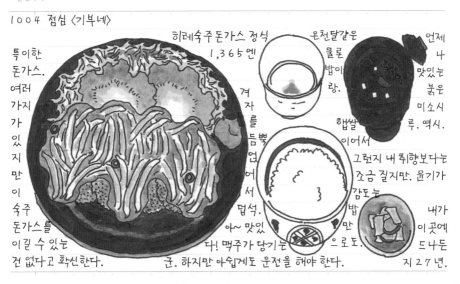

특이한 돈가스. 여러 가지가 있지만 이 숙주 돈가스를 이길 수 있는 건 없다고 확신한다.

히레숙주돈가스 정식 1,365엔

겨자를 듬뿍 얹어서 덥석. 아~ 맛있다! 맥주가 당기는군. 하지만 아쉽게도 운전을 해야 한다.

온천달걀은 물론 밥이랑.

합쌀이어서 그런지 내 취향보다는 조금 질지만. 윤기가 감도는 밥만으로도.

언제나 맛있는 붉은 미소시루. 역시.

내가 이곳에 드나든 지 27년.

0725 점심 〈다이쇼켄〉

아쓰나마 700엔

7월의 더운 토요일 벨로택시를 타고 간다.

우선 라거 한 병을 꿀꺽꿀꺽.

두반장과 마늘

두툼한 차슈는 리키도와쌍벽이다.

기후 2대 쓰케멘이라고 해도 좋다.

술을 시키면 따라 나온다.

아쓰나마라는 건 말하자면 가마타마 마우동으로, 날달걀을 섞어서 먹는 것이다. 너무 두껍지 않은 면과 맑은 타입의 수프가 딱 내 취향.

외식을 하면 늘 술을 마시게 된다. 아침식사를 거른 휴일의 낮,
장어내장구이나 잉어회를 안주 삼아 먼저 맥주를 목구멍으로 흘려보내
부드럽게 위를 깨운 후, 천천히 장어에 몰두하는 것은 틀림없는 여름의 행복 중 하나다.

0704 점심 〈가와세川勢〉

맥주에 따라 나온 벙두부

장어내장구이 6,500엔

수량한정 내장구이를 옷상과 함께 나눈다. 커다란 간이다. 4개 정도는 맥주(슈퍼드라이) 안주로 먹고 2개 정도는 덮밥에 올려 먹는다. 더없는 호사.

파가 솔솔

맥주 (SD). 아주 차갑다.

디저트 풋사과와 포도젤리. 필요 없다고 했으면서 어느새 호로록.

특제 장어덮밥 4,500엔.

이 가격이 조금도 비싸게 느껴지지 않는다. 일상적인 점심이라면 비싸지만, 어쩌다 한 번의 호사로는 가성비가 뛰어나다. 나고야에서는 자칫하면 3분의 1도 안 되는 장어가 나올 수 있다.

2년 만에 로쿠조기타에 있는 가와세에. 특제 장어덮밥은 장어가 한 마리 반. 이 정도 먹었으니 올 시즌에는 더이상 장어를 안 먹어도 되겠다는 생각이 들 정도의 양이다. 더구나 한 조각을 입에 넣으면 두툼한 살이 입안을 압박할 정도로 크고 고급스런 고소함이 번진다. 맛에 있어서는 재작년보다 몇 단계는 높아졌다. 그러고 보니 재작년에는 치어가 격감해서 장어 값이 뛰었던 해였지. 아마 장어 구매가 힘들었을 것이다. 그렇다면 올해의 맛이 본래의 맛.

채소절임(단무지)

장어내장국. 여기에도 작은 간이 들어 있다.

자치회 모임의
회식

0524 점심 〈다이코덴 太閤殿〉

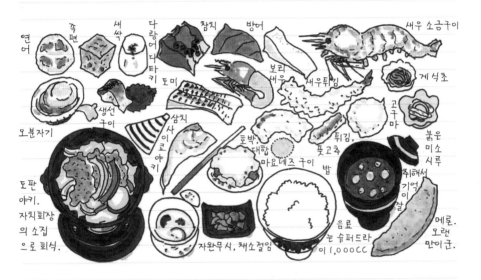

연어
쪽편
새싹
다랑어다타키
참치
방어
새우 소금구이
도미
보리새우
새우튀김
게 식초
생선구이
고구마
오분자기
삼치 사이코야키
튀김 풋고추
붉은 미소 시루
도판야키. 자치회장 의 소집 으로 회식.
호박 대합 마요네즈 구이
밥
취해서 기억이 잘.
자완무시, 채소절임
음료 는 슈퍼드라 이 1,000CC
메로. 오랜 만이군.

재작년과 작년에는 자치회의 부회장, 회장을 했었다. 이래봐도 현역 직장인이라서 가족(아내, 어머니)의 도움을 받아 간신히 역할을 끝낼 수 있었다. 하지만 하나부터 열까지 전부 맡겠다 가는 가족들이 언제 폭발할지도 모르다보니 모처럼의 휴일을 이런저런 행사로 날릴 수밖에 없었다. 사실 그렇게 매주 행사가 있는 것은 아니지만. 한 달에 한 번 있는 재활용쓰레기 수거 담당은 정말 성가셨다. 아침 7시부터 수거가 끝나는 9시까지 지키고 있어야 하는데, 12월 부터 2월까지의 3개월은 죽을 만큼 추웠다. 무엇보다 추위를 많이 타는 사람이다. 재활용 수 거는 매월 셋째주 토요일인데, 9시가 가까워지면 나는 안절부절못한다. 9시부터 영업하는 슈퍼마켓에 장을 보러 가야 하는 것이다. 사실 휴일의 점심과 저녁은 내 담당이다. 그 이틀 분 의 식재를 사러 가야 하는데, 일찍 가지 않으면 전날 남은 할인품목이 다 팔려버린다. 재활용 쓰레기 수거차는 쓰레기 종류 별로 네 대가 오는데, 어쩌된 일인지 세 대까지는 순조롭게 오 지만 네 대째는 늘 9시가 다 돼서야 온다. 네 대가 오는 순서는 매번 바뀌는데도 어째서인지 마지막 차는 늘 늦는다. 그렇게 수거를 완전히 끝낸 후에 슈퍼마켓에 간다. 내가 좋아하는 것 을 사와서 요리를 하고 저녁부터는 한 손에 맥주를 들고 일기를 쓰는 것이 휴일의 가장 큰 즐 거움이기도 하다.

늘 그 앞을 지나다녔는데도
눈여겨보지 않았던 햄버그스테이크 가게

2014

1108 점심 〈비스트로 레인보우 햄버그〉

배
추
시
저
샐
러
드

롤 햄버그는 만드는 데 20분 정도 걸린다. 먼저 샐러드와 수프가 나온다.

수프(양파)

샐러드와 수프는 합격이다. 샐러드와 수프가 합격이면 대체로 괜찮은 곳이다.

프리미엄 롤 햄버그
(미니 해시라이스)
1,580엔

셰프가 여성이기 때문인지 채소를 많이 사용한다. 다양하고 화려한 색감. 각각의 채소도 맛이 좋다. 치즈가 들어간 매시트 포테이토도 좋다.

프리미엄 롤 햄버그는 삼겹살로 햄버그를 말아서 구웠다. 단지 부드럽기만 한 햄버그가 아니다. 촉촉한 미트로프 같은, 그러면서도 고기 케이크 같은 햄버그스테이크다. 통통하게 부풀어 올라서 볼륨감도 충분.

미니 해시라이스

커피도 괜찮다. 꽤 좋은 가게를 발견했다.

커피

위치는 요미우리신문 기후 지국이 있는 건물 2층. 지국의 바로 아래다. 등잔 밑이 어두웠다. 빨리 칼럼을 써야겠다.

+300엔이면 변경할 수 있다.

휴일에
집에서 만드는 요리

남은 안초비가
있다면 꼭 시도
해 보시길.

나는 요리하는 것을 꽤 좋아해서 휴일의 식사당번을 즐기고 있다. 이곳에 몇 가지 메뉴를 소개한다. 먼저 아주 간단한 '안초비 볶음밥'. 달궈진 프라이팬에 안초비 2~3 조각을 기름과 같이 투입. 달걀을 깨서 넣고 뒤적뒤적 볶는다. 밥을 넣고 밥알이 서로 달라붙지 않을 때까지 볶은 후 검은 후추로 마무리하면 완성. 정말 간단하고 빠르게 할 수 있다.

우리 집에서는 고수와 바질을 키우고 있다. 여름이 되면 수확한 바질로 페스토 알라 제노베제(pesto alla genovese)

아란치니는
무척 좋아하지만
만들기가 번거롭다.

를 만든다. 제노베제는 파스타에 사용하는 경우가 많은데, 나는 이걸로 리소토를 만든다. 피자치즈를 둥글게 뭉쳐서 튀김옷을 입혀 아란치니도 만든다. 정말 맛있지만, 손이 무척 많이 가서 특별한 날에만 만들고 있다.

이 요리는 임시로 '시골풍 수프'라고 부르겠다. 고기와 냉장고에 남아 있는 채소와 상비하고 있는 토마토 캔과 잡콩을 보글보글 끓이기만 하면 되는 수프다. 고기는 무엇이든 상관없다. 소

삶은 뇨키가
아주
잘
어울린다.
약불에서
3~4 시간
보글보글.

힘줄도 좋고 삼겹살도 좋고 판체타(이탈리아식 베이컨)도 좋다. 들어가는 채소 중 양파와 파프리카는 꼭 있었으면 한다. 여기에 파스타를 넣으면 미네스트로네가 되지만, 나는 뇨키를 넣는다.

日曜日

부장이 되었어도 집에서는
여전히 평범한 아버지

SUNDAY

아이들이 집에 없는 날
간만에 아내와 함께하는 점심

2014

0803 점심 〈핀타이 ピン・タイ〉

팟타이

이른바 볶음면이다. 고명이 더 많다.

고명은 새우, 두부튀김, 달걀, 부추, 숙주, 젓새우. 납작한 쌀국수와 레몬으로 깔끔한 맛.

쩐 춘권

이것도 쌀가루로 만든 것 같다. 엄청 쫄깃쫄깃한 만두피 속에 있는 것은 정체불명의 버섯과 채소들.

깽키여우완

흔히 말하는 태국식 카레인 그린커리 닭고기와 가지는 기본 재료다.

완전히 제대로 매운 맛. 이런 곳(가노역)에 이렇게 제대로 된 태국 요리점이 있다니.

밥(태국 쌀)

태국 요리에는 태국 쌀이다. 나는 태국 쌀의 향기를 좋아한다. 밥은 조금 진 편.

카오팟 가파오

이건 조금 더 매웠으면 좋았을 걸. 밥의 양이 꽤많아서 배가 잔뜩 부르다. 아내와 둘이서 4,400엔.

간만에 아내와 보내는 둘 만의 휴일.
내가 가보고 싶은 식당이 있어서 함께
뻴로택시를 타고 외출했다. 오랜만에
태국 요리를 제대로 먹었다. 네 가지 요리
를 아내와 나눠먹었는데, 전부 다 맛있었다.
하지만 요리의 이름이 기억나지 않는다.

평생 사용할 수 있는
'달걀이용권'을 얻었다

2014

0504 점심 〈리키도〉

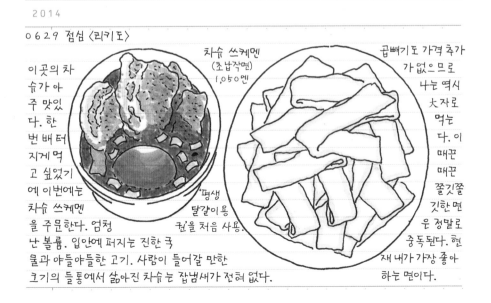

쓰케멘(달걀),
초납작면
930엔

10시 40분에 도착했는데 벌써 먼저 온 손님이 한 명. 자동차 번호판을 보니 세상에나 '후쿠다' (오카야마현). 마니아? 하지만 확실히 이곳의 초납작면과 차슈는 멀리서 먹으러 올 만한 가치가 있다. 평생 사용할 수 있는 '달걀이용권'도 받았으니 나도 열심히 다녀야겠군. 다음에는 차슈 쓰케멘, 아쓰모리(뜨거운 물에 면을 담가 따뜻하게 먹는 모리소바)를.

달걀조림도 반숙으로 쫀득쫀득.

면은 보통과 大의 가격이 같으므로 당연히 大자로 먹는다. 납작해서 양이 적어 보여도 굉장히 많다. 포동포동 쫄깃쫄깃. 존재감이 있다.

2014

0629 점심 〈리키도〉

차슈 쓰케멘
(초납작면)
1,050엔

이곳의 차슈가 아주 맛있다. 한번 배터지게 먹고 싶었기에 이번에는 차슈 쓰케멘을 주문한다. 엄청난 볼륨. 입안에 퍼지는 진한 국물과 야들야들한 고기. 사람이 들어갈 만한 크기의 들통에서 삶아진 차슈는 잡냄새가 전혀 없다.

'평생 달걀이용권'을 처음 사용.

곱빼기도 가격 추가가 없으므로 나는 역시 大자로 먹는다. 이 매끈매끈 쫄깃쫄깃한 면은 정말로 중독된다. 현재 내가 가장 좋아하는 면이다.

마을 주민회 모임에
참가하는 것도 중요한 일

0406 저녁 〈우나기이치반うなぎ一番〉

주민회 모임
에서 갔기
때문에 얼
마인지는
잘 모른
다. 아마
도 장어덮
밥(보통)에
아라이가 세트
로 나왔으니까
1,000~1,500엔
사이일 것이다. 전혀 불만
없음.

여름이
되면 이 식당에서 장어
굽는 냄새가 집 안까지 들
어와서 냄
새만은 늘
맡고 있다.

채
소
절
임

장
어
아
라
이

아
라
이
용
닉초
미소.
(생선회를 찬물에 담가 식감을
살린 것) 사실 나는 이걸 무척

좋아
한다.

내장탕.
이런 모습
이 맞겠지.

0608 저녁 〈다이코텐〉

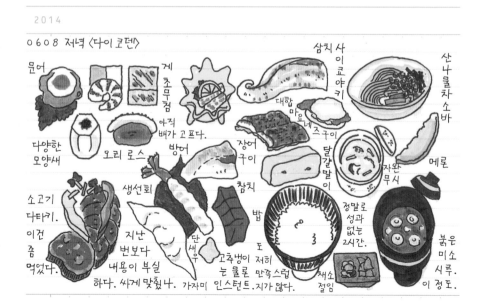

문어

다양한
모양새

게
초무침

오리 로스

아직
배가 고프다.

소고기
다타키.
이건
좀
먹었다.

생선회

지난
번보다
내용이 부실
하다. 싸게 맞췄나.

단새우

방어

가자미

고추냉이
눈물로
인스턴트.

삼치 사
이쿄야키

대합
마요네즈구이

장어
구이

참치

밥

도 저히
만족스럽
지가 않다.

달걀말이

정말로
성과
없는
2시간.

자완
무시

채소
절임

산나물차
소바

메론

붉은
미소
시루.
이 정도.

인기몰이 중인 창작요리 중화요리점
휴일에는 다른 지역 번호판을 단 차량이 많다

2014

0518 점심 〈가이카테이 開化亭〉

가리비 샐러드. 사천 산 초 풍미.

가리비는 3 개. 물론 맛좋은 생물.

런치 코스 2,000엔

맥주는 라거. 더워서. 꽤 본격적으로 맵다. 오이, 토마토, 샐러리로 깔끔하게. 맥주와 함께.

겨울눈, 파래, 두부, 순나물 수프

여전히 국물 (탕)맛은 좋다. 하지만 건더기가 조금 과한 느낌.

'볶다'를 의미하는 한자 초(炒)는 불(火)이 적다(少)라고 쓴다. 이 소금 볶음은 아주 살짝만 익혔다. 올바른 볶음이다. 초심자에게는 무리.

작은 오징어와 새우 소금 볶음. 1 인분씩 나온다.

채소 절임

밥

내가 좋아하는 고두밥

돼지고기 더우츠(검은 콩을 발효시켜서 말린 것) 볶음. 더우츠의 맛이 살아 있다. 밥과 어울린다.

오랜만의 가이카테이, 오랜만의 런치 코스, 2,000 엔. 뭐 나쁘지는 않지만.

하지만 2,000엔 으로 이 정도 코스라면 충분히 만족할 만하다. 밥도 무료로 추가할 수 있고. 하지만 이전만큼의 놀라움은 사라진 듯한 느낌이 안 드는 것은 아니다. 주방에 주인의 모습이 보이지 않았는데, 아마 여러 가지로 바쁘겠지.

코코넛 밀크푸딩

우롱차

깊이 있는 맛.

내가 아는 한에서는
지상 최고의 소바

2014

0914 점심 〈고초안 센바〉

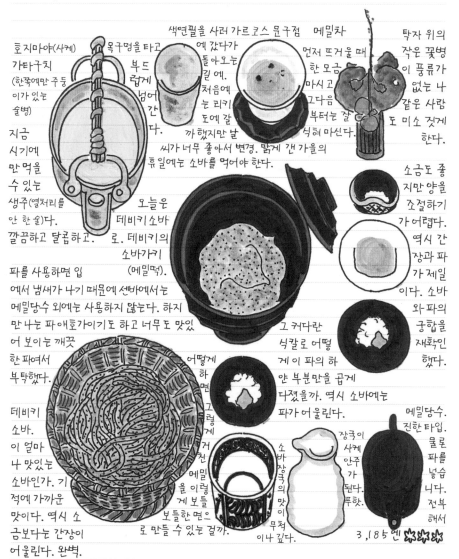

색연필을 사러 가르코스 문구점에 갔다가 돌아오는 길에. 처음에는 리키도에 갈까 했지만 날씨가 너무 좋아서 변경. 맑게 갠 가을의 휴일에는 소바를 먹어야 한다.

메밀차 먼저 뜨거울 때 한 모금 마시고 그다음부터는 잘 식혀 마신다.

탁자 위의 작은 꽃병이 풍류가 없는 나 같은 사람도 미소 짓게 한다.

호지마야(사케) 가타구치 (한쪽에만 주둥이가 있는 술병)

목구멍을 타고 부드럽게 넘어간다.

지금 시기에만 먹을 수 있는 생주(열처리를 안 한 술)다. 깔끔하고 달콤하고.

오늘은 테비키소바로. 테비키의 소바가키 (메밀떡).

파를 사용하면 입에서 냄새가 나기 때문에 센바에서는 메밀당수 외에는 사용하지 않는다. 하지만 나는 파애호가이기도 하고 너무도 맛있어 보이는 깨끗한 파여서 부탁했다.

소금도 좋지만 양을 조절하기가 어렵다. 역시 간장과 파가 제일이다. 소바와 파의 궁합을 재확인했다.

그 커다란 식칼로 어떻게 이 파의 하얀 부분만을 곱게 다졌을까. 역시 소바에는 파가 어울린다.

테비키 소바. 이 얼마나 맛있는 소바인가. 기적에 가까운 맛이다. 역시 소금보다는 간장이 어울린다. 완벽.

어떻게 하면 그렇게 거친 메밀을 이렇게 보들보들한 면으로 만들 수 있는 걸까.

소바장국의 맛이 무척이나 깊다.

장국이 사케 안주가 된다. 푸핫.

메밀당수. 진한 타입. 물론 파를 넣습니다. 전부 해서

3,185엔 ✿✿✿

희한하게 내가 이곳을 찾아올 때는 늘 날씨가 좋다. 조세쓰 다리에서 바라보는
나가라강과 긴카산, 이부키산, 요로 산지의 전망이 특히 아름답게 느껴지는 이유는,
이곳의 데비키소바가 기다리고 있기 때문인지도 모른다.

2015

0503 점심 〈고초안 센바〉

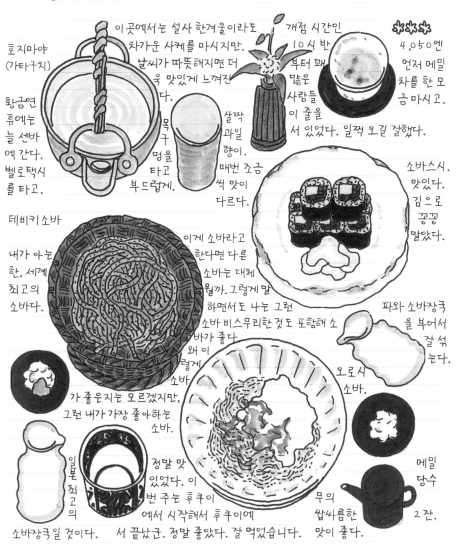

호지마야 (가타구치)

황금연휴에는 늘 센바에 간다. 벨로택시를 타고.

이곳에서는 설사 한겨울이라도 차가운 사케를 마시지만. 날씨가 따뜻해지면 더욱 맛있게 느껴진다.

목구멍을 타고 부드럽게.

살짝 과일 향이. 매번 조금씩 맛이 다르다.

개점 시간인 10시 반부터 꽤 많은 사람들이 줄을 서 있었다. 일찍 오길 잘했다.

✿✿✿ 4,050엔 먼저 메밀차를 한 모금 마시고.

데비키소바
내가 아는 한, 세계 최고의 소바다.

소바스시 맛있다. 김으로 꽁꽁 말았다.

이게 소바라고 한다면 다른 소바는 대체 뭘까. 그렇게 말하면서도 나는 그런 소바 비스무리한 것도 포함해 소바가 좋다. 왜 이렇게 소바가 좋은지는 모르겠지만, 그런 내가 가장 좋아하는 소바.

파와 소바장국을 부어서 잘 섞는다.

오로시 소바.

일본 최고의 소바장국일 것이다.

정말 맛있었다. 이번 주는 후쿠이에서 시작해서 후쿠이에서 끝났군. 정말 좋았다. 잘 먹었습니다.

무의 쌉싸름한 맛이 좋다.

메밀 당수 2잔.

그림으로 그리기 어려운 것, 그리고 포인트

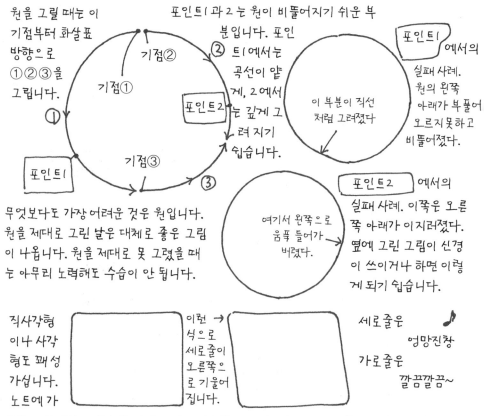

원을 그릴 때는 이 기점부터 화살표 방향으로 ①②③을 그립니다.

기점①

기점②

①

포인트1

기점③

③

포인트2

포인트1 과 2 는 원이 비뚤어지기 쉬운 부분입니다. 포인트1 에서는 곡선이 얕게, 2 에서는 깊게 그려지기 쉽습니다.

② 이 부분이 직선처럼 그려졌다

포인트1 에서의 실패 사례. 원의 왼쪽 아래가 부풀어 오르지 못하고 비뚤어졌다.

무엇보다도 가장 어려운 것은 원입니다. 원을 제대로 그린 날은 대체로 좋은 그림이 나옵니다. 원을 제대로 못 그렸을 때는 아무리 노력해도 수습이 안 됩니다.

여기서 왼쪽으로 움푹 들어가 버렸다.

포인트2 에서의 실패 사례. 이쪽은 오른쪽 아래가 이지러졌다. 옆에 그린 그림이 신경이 쓰이거나 하면 이렇게 되기 쉽습니다.

직사각형이나 사각형도 꽤 성가십니다. 노트에 가

이런 → 식으로 세로줄이 오른쪽으로 기울어집니다.

세로줄은 ♪ 엉망진창

가로줄은 깔끔깔끔~

로줄이 있어서 그 실선을 따라 그리면 가로줄 그리기는 쉽지만 세로줄이 사선이 되기 쉽습니다. 직선 자체는 자신 있지만.

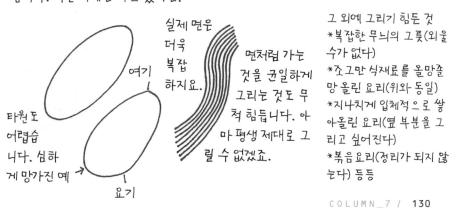

여기

실제 면은 더욱 복잡하지요.

타원도 어렵습니다. 심하게 망가진 예 →

요기

면처럼 가는 것을 균일하게 그리는 것도 무척 힘듭니다. 아마 평생 제대로 그릴 수 없겠죠.

그 외에 그리기 힘든 것
*복잡한 무늬의 그릇(외울 수가 없다)
*쪼그만 식재료를 올망졸망 올린 요리(위와 동일)
*지나치게 입체적으로 쌓아올린 요리(옆 부분을 그리고 싶어진다)
*볶음요리(정리가 되지 않는다) 등등

特別編

SPECIAL

'그려봐' 하고 말하는 듯한
비주얼을 하고 있다

2015

0906 점심 〈하나세이 花誠〉

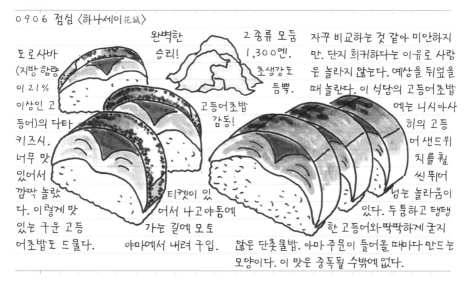

완벽한
승리!

2 종류 모둠
1,300엔.
초생강도
듬뿍.

도로사바
(지방 함량
이 21%
이상인 고
등어)의 다타
키즈시.
너무 맛
있어서
깜짝 놀랐
다. 이렇게 맛
있는 구운 고등
어초밥도 드물다.

고등어초밥
감동!

티켓이 있
어서 나고야돔에
가는 길에 모토
야마에서 내려 구입.

자꾸 비교하는 것 같아 미안하지
만. 단지 희귀하다는 이유로 사람
은 놀라지 않는다. 예상을 뒤엎을
때 놀란다. 이 식당의 고등어초밥
에는 니시아사
히의 고등
어샌드위
치를 훌
씬 뛰어
넘는 놀라움이
있다. 두툼하고 탱탱
한 고등어와 딱딱하게 굳지
않은 단촛물밥. 아마 주문이 들어올 때마다 만드는
모양이다. 이 맛은 중독될 수밖에 없다.

2015

1025 점심 〈시키시마 커피점 敷島珈琲店〉

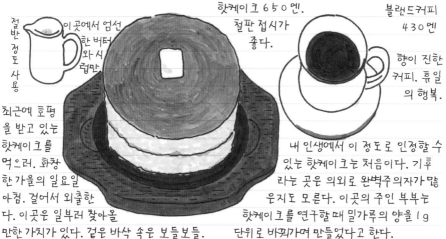

핫케이크 650엔.
철판 접시가
좋다.

블랜드커피
430엔

절반 정도 사용

이곳에서 엄선
한 버터
와 시
럽만

향이 진한
커피. 휴일
의 행복.

최근에 호평
을 받고 있는
핫케이크를
먹으러. 화창
한 가을의 일요일
아침. 걸어서 외출한
다. 이곳은 일부러 찾아올
만한 가치가 있다. 겉은 바삭 속은 보들보들.

내 인생에서 이 정도로 인정할 수
있는 핫케이크는 처음이다. 기후
라는 곳은 의외로 완벽주의자가 많
은지도 모른다. 이곳의 주인 부부는
핫케이크를 연구할 때 밀가루의 양을 1g
단위로 바꿔가며 만들었다고 한다.

도쿄의 대표적인 어묵이라는
지쿠와부가 대체 뭐지?

2014

1015 저녁 〈오타코お多幸〉(도쿄 간다)

기본
반찬

작은
가리비를
삶은 것.

역시 핵심은
소힘줄.

이유
있는
진한 간장

나는 보리멸튀김을
아주 좋아
한다

보리멸튀김(도쿄
만 산지)

표고
버섯

따끈
따끈
따끈

풋
고
추

두부

곤약

어묵
의
정석

다시
마말이

무

간모도키

고등어 헤시코
(겨된장에 절인 음식)
정말 맛있다.

처음에는 생맥주를 마
셨지만 역시 어묵
에는 사케다. 헤시
코에도 어울린다.

사케. 1.6
홉 들이를
나가이
와 둘
이서
4 병.

지쿠
와부

소힘줄

실
곤
약

감자

나가이와 도쿄 간다에서 마셨
다. 설마 도쿄에서 나가이와 술
을 마실 기회가 있을 줄이야.
식당 선택은 나가이가 했다. 니
혼바시에 본점이 있는, 어묵으
로 유명한 오타코를 예약해두
었다고 한다. 나도 낮에 근처를
지나가며 궁금했는데 정말 좋
은 선택이었다고 감탄했다. 나
가이도 어른이 다 됐군. 하기야
벌써 42세. 나는 52세.

유부주머니,
양배추말
이, 쓰미
이레튀
김. 겨
자를
듬뿍
찍은 어묵
에 사케를 마신다.
하아~

도쿄의 대표적인
어묵을 즐긴
다. 지쿠
와부라
는 건 밀
기울인지
생선살인지
알 수 없는 맛이
었고, 힘줄은 어느 게
어느 힘줄인지 이해하기 힘들
었다. 하지만 '맛이 있는지 없는지 알
수 없는' 부분이 도쿄인 것이다.

두부밥. 이곳의
명물 두부밥. 어
떻게 하면 이렇
게 부드럽게 익
힐 수 있을까 생
각하며 두부를
찻물로 지은 밥에
올린다. 대파를 듬뿍 넣
고 시치미 양념을 뿌린 후
함께 비빈다. 맛있다! 밖에
는 차가운 비가 내리지만.

게살 후토마키가 먹고 싶어서…
30년 전부터 드나들고 있는 <다카라즈시宝寿し>

0905 저녁 <다카라즈시>

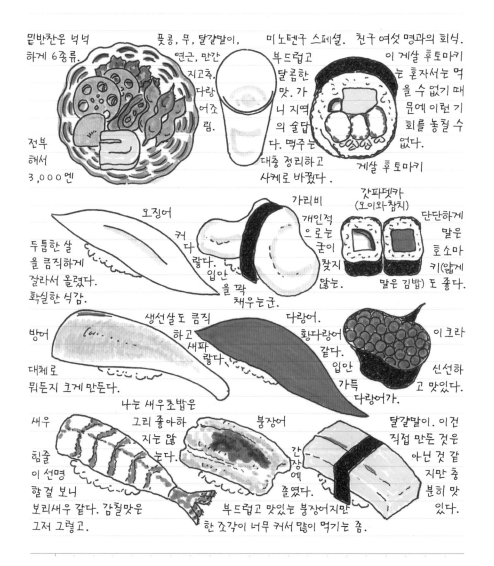

밑반찬은 넉넉하게 6종류.

전부 해서 3,000엔

풋콩, 무, 달걀말이, 연근, 만간 지고추, 다랑어조림.

미노텐구 스페셜. 부드럽고 달콤한 맛. 가니 지역의 술답다. 멱주는 대충 정리하고 사케로 바꿨다.

친구 여섯 명과의 회식. 이 게살 후토마키는 혼자서는 먹을 수 없기 때문에 이런 기회를 놓칠 수 없다.

게살 후토마키

오징어

두툼한 살을 큼직하게 잘라서 올렸다. 확실한 식감.

가리비 커다랗다. 입안을 꽉 채우는군.

개인적으로는 굳이 찾지 않는.

갓파텍카 (오이와 참치)

단단하게 말은 호소마키(얇게 말은 김밥)도 좋다.

방어

대체로 뭐든지 크게 만든다.

생선살도 큼직하고 새파랗다.

다랑어. 황다랑어 같다. 입안 가득 다랑어가.

이크라 신선하고 맛있다.

새우

힘줄이 선명할걸 보니 보리새우 같다. 감칠맛은 그저 그렇고.

나는 새우초밥은 그리 좋아하지는 않는다.

붕장어 간장에 졸였다. 부드럽고 맛있는 붕장어지만 한 조각이 너무 커서 많이 먹기는 좀.

달걀말이. 이건 직접 만든 것은 아닌 것 같지만 충분히 맛있다.

달걀말이를 술안주로 먹다니
어렸을 때는 상상도 못해본 일

0131 점심 〈고초안 센바〉

호지마야
(가타구치)

160시간 만에 알코올이 위장에 스며든다.

센바 씨는 내게 신 같은 존재. 그런 그에게 '시노다 씨의 취향은 대체로 알고 있습니다'라는 말을 들었다.
이 얼마나 큰 영광인가. 이곳에 다닌 지 올해로 10년째다.

★★★ 3,885엔

먼저 메밀차를 한 모금. 몸이 따뜻해진다.

작은 꽃병의 꽃도 센스 굿.

눈이 하늘하늘 흩날리는 추운 날이지만 차가운 사케로.

달걀말이. 탄력이 있는 달걀이다. 맛도 진하다. 단맛은 없음. 엄청 맛있다. 큰마음 먹고 한 조각 크게 입에 넣어봤는데 대감격!

맛집 사이트 '다베로그'에서 4.24점을 받은 주인의 스페셜 요리. 내가 알고 있는 한 최고의 소바다.

데비키소바

간장주전자

메밀 당수. 되직한 느낌의 내 취향.

소바 애호가여서 다행이라고 생각한다. 소바의 신이 나를 위해 기후라는 땅에 이 식당을 내려주었다.

가케 소바

검은 색 뚜껑. 가케소바의 수준도 높다. 대파를 넣는 타이밍이 어렵지만, 아주 잘 어울린다.

소바 장국

맛이 깊다.

대파.
고추병이.

대파는 메밀 당수에. 완벽이라는 단어가 이곳만큼 어울리는 곳도 없다. 소바도, 장국도, 고명도.

사케에도 어울린다.

건강검진 전에는
일단 체중감량모드

0811 점심 〈소바이치 そばいち〉

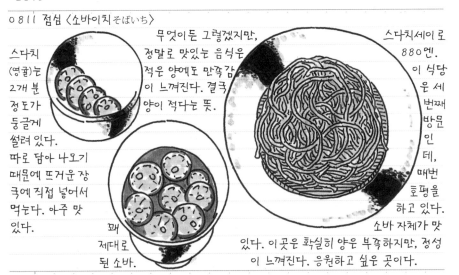

스다치
(영귤)는
2개 분
정도가
둥글게
썰려 있다.
따로 담아 나오기
때문에 뜨거운 장
국에 직접 넣어서
먹는다. 아주 맛
있다.

무엇이든 그렇겠지만,
정말로 맛있는 음식은
적은 양에도 만족감
이 느껴진다. 결국
양이 적다는 뜻.

꽤
제대로
된 소바.

스다치세이로
880엔.
이 식당
은 세
번째
방문
인
데,
매번
호평을
하고
있다.
소바 자체가 맛
있다. 이곳은 확실히 양은 부족하지만, 정성
이 느껴진다. 응원하고 싶은 곳이다.

0812 점심 〈돈돈안〉(사쿠라도리오쓰점)

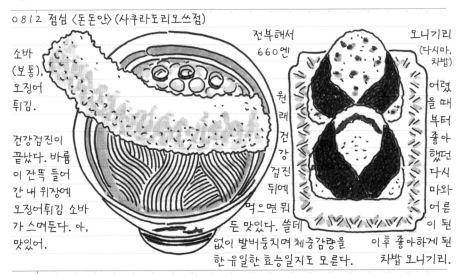

소바
(보통),
오징어
튀김.

건강검진이
끝났다. 바람
이 잔뜩 들어
간 내 위장에
오징어튀김 소바
가 스며든다. 아,
맛있어.

전부해서
660엔

원
래
건
강
검
진
뒤에
먹으면 뭐
든 맛있다. 쓸데
없이 발버둥치며 체중감량을
한 유일한 효능일지도 모른다.

오니기리
(다시마,
차밥)

어렸
을 때
부터
좋아
했던
다시
마와
어른
이 된
이후 좋아하게 된
차밥 오니기리.

내가 생각해도 쓸데없는 발버둥이다. 작년보다 체중이 늘어난 것은,
이 나이에는 별로 바람직하지 않은 일이라며 체중감량을 했지만,
그러면서도 건강검진이 끝나면 고기를 잔뜩 먹어버리니 말이다.

0813 점심 〈Innover〉

프랑스산
렌즈콩
샐러드

내가
좋아
하는
음식
이다.
산미가
좋다.

생채소 아래에
안초비
마
요
네
즈.

무엇
보다 나는
반숙 달걀
을 아주 좋
아해서 이 한
접시만으로 절반
은 만족이다.

Menu blanc
1,500엔

건강검진도 끝났으니 이노
베에서 점심. 물론 이번에
는 고기를 주문한다.

바게트.
이
바게
트도
맛있
다. 바
삭바삭.
쫄깃쫄깃.

호주산 소고기
넓적다리
살로 만
든

10주년 기념행사가
9월 6일과 7일로
정해졌다고
한다. 물
론 나
는 이
틀다
올 생
각이라
고 할까.
내 책의 사인
본 한정판매도 해주기
때문에 이틀간 꼭 가야 한
다. 더구나 놀랍게도 뷔페
식에 음료 무제한이라니.
어떤 요리가 나올까.

로스트
비프. 서양
고추냉이 소스.
매시트 포테이토는 감자 알갱이가 조금
씩 느껴지게 만들었는데 이것도 좋다.

Petit dessert

오렌지 젤리에
바닐라 그라스가
올려져 있다. 나는
이 정도가 딱 좋다.

세 모금에
끝. 쌉
싸름
한
맛.

에스프레소

연말연시,
외식의 마무리와 시작

1230 저녁 〈기쿄엔 桔梗苑〉(본점)

상등급 등심,
우설(소금
구이)

소금이 조금 많았다.

우설은 조금 두 툼하게 썰었다. 탱탱 한 식감을 즐기기에는 좋다. 지방의 고소함이 혀에 퍼진다. 등심 도 맛있다.

생맥주(大×1, 中×1)

야키 니쿠 와 맥 주는 떼 놓을 수 없는 관계 라고 생 각한다.

학습능력 이 부족한 나는 최근 에야 야키 니쿠를 먹 을 때의 맥 주 정량을 알았다.

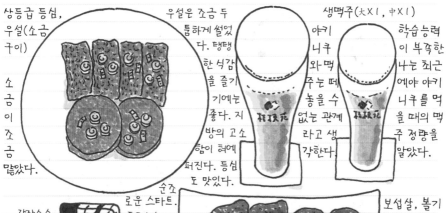

순조 로운 스타트.

간장소스   폰즈소스

이상한 모양   의 그릇

1년에 한두번밖에 가지 않기 때문에 적당한 주문량을 몰라서 그동안은 매번 과하게 주문했지만 마침내 파 악했다. 내 육식의 원점인 식당.

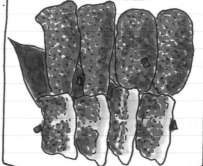

보섭살, 볼기 살, 상등급 갈비(양념)

뭐니 뭐니 해 도 야키니쿠 는 역시 양념 이다. 기쿄엔 은 넓적다리 살이 좋다.

갈비는 지방이 조금 많은 느낌이다. 붉은 살.

구내 염, 이제 는 다 나 은 듯.

밥에 얹어 내 멋대로 비 빔밥.

김치 모둠   나물 모둠   깻잎 위에 쌈장을 얹고 밥을 싸서.

밥
(小)

이걸 로 충분.

해마다 정월다운 느낌이 옅어져가는 것 같아 아쉽지만,
최근 들어 새해 일찍부터 영업을 시작하는 식당이 늘어난 것은 반갑다.
이전에는 늘 <코코이치반야>의 로스가스카레 매운맛 5로 외식의 시작을 했지만.

0103 점심 〈Innover〉

돼지족발 멜랑제 샐러드

허니머스터드 소스

앞생트

레킴프레

왠지 새해 일찍부터 운이 좋을 것 같다.

51년 인생을 살면서 처음으로 한해의 음주를 앞생트로 시작했다. 올해도 즐겁게 술을 즐길 수 있기를 바라면서.

가득

맛있다

기후산 돼지 삼겹살 소금절임 포테 (potée)

진심 맛있었다.

바게트에 포테 수프를 찍어 먹는다. 하하하.

추운 날에는 무엇보다 맛있는 요리가 최고다. 후-후- 불어가면서 수프를 먹는다. 고기와 채소의 조합. 강하지만 기품 있는 맛이다. 몸이 따뜻해진다.

브리야사바랭치즈.

와인이 생각난다.

디저트

이노우에 씨의 신년 선물이다. 이거, 정말 맛있군.

2014년 미식의 시작

디저트도 먹고 에스프레소도 마시고. 잘 먹었습니다.

에스프레소

Menu blanc 1,500엔

<Innover>의 이노우에 씨와 가게 근처의 소바집에서 송년회를 대신해 식사.
좀처럼 끝나지 않는 낮술을 유바토로소바로 힘들게 정리하고 가게를 나온다.
섣달의 바람이 달궈진 얼굴을 기분 좋게 쓰다듬는다.

2014

I229 점심 〈도마쓰とう松〉

뜨겁게 데운 기모토 노도부 (사케)
메밀미소

나라지 방의 사케로 깔끔한 맛.
따뜻하게 마신다. 참을 수 없는 맛.
이노우에 씨와의 느긋한 낮술.

고추방이 절임

구운 김

이런 식의 정식 용기는 드물다. 나고야에서는 처음 본다. 고집이 있군.

이노베에 손님이 가득 차서 도마쓰에. 언젠가 와본 느낌. 데자뷔.

자코텐 (에히메현의 향토 요리. 어묵의 일종). 이건 슌푸소가 더 맛있다. 이곳의 주인은 슌푸소 출신이다. 커다란 달걀말이는 단 맛이 조금 신경쓰이지만 그런대로 맛있다.

소바가키 사실 내가 좋아하는 음식. 소바가키를 내놓을 만한 식당이니까 맛있겠지만. 특색은 없다.

지금부터 6년 전의 기념일. 처음 방문했던 이노베에 자리가 없어 풀이 죽은 채 왔던 곳이 이곳이다. 실은 그때 이후 처음 왔는데, 설마 이노우에 씨와 오리라고는 상상도 못했다.

따뜻한 소바장국과 고명을 얹어서 먹는다.

따끈따끈

이 식당에서 가장 추천하는 음식은 이 생유바를 듬뿍 올린 뜨거운 소바다. 사실 다른 것은 비슷비슷.

유바토로 소바

모미지오로시 (무와 고추나 당근을 같이 갈은 것)와 쪽파 그리고 새해 일찍 <Innover>에 간다.

최근 몇 년 동안 외식의 시작은 <Innover>다. 업무가 시작되기 전의 휴일,
느긋한 마음으로 신년 첫 노트의 첫 페이지를 장식할 요리를 즐긴다.

2015

0104 점심 〈Innover〉

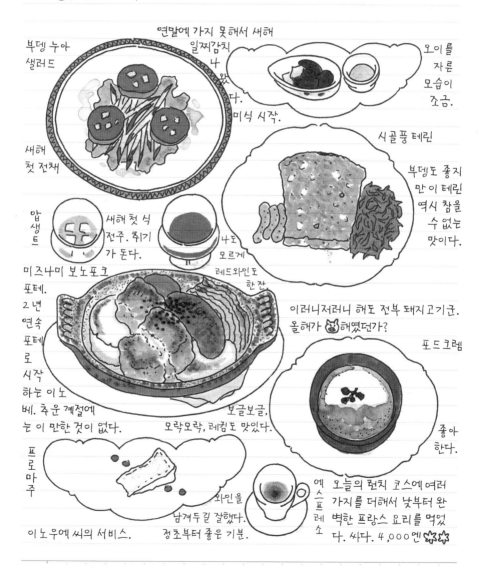

부뎅 누아
샐러드

새해
첫 전채

앙
생
트

미즈나미 보노포크
포테.
2년
연속
포테
로
시작
하는 이노
베. 추운 계절에
눈 이 만한 것이 없다.

프
로
마
주

이노우에 씨의 서비스.

연말에 가지 못해서 새해
일찌감치
나
왔
다.
미닉 시작.

오이를
자른
모습이
조금.

시골풍 테린

부뎅도 좋지
만 이 테린
역시 참을
수 없는
맛이다.

새해 첫 식
전주. 취기
가 돈다.

나도
모르게
레드와인도
한 잔.

이러니저러니 해도 전부 돼지고기군.
올해가 🐷해였던가?

포드크렘

좋아
한다.

보글보글,
모락모락, 레컴도 맛있다.

와인을
남겨두길 잘했다.
정초부터 좋은 기분.

에
스
프
레
소

오늘의 런치 코스에 여러
가지를 더해서 낮부터 완
벽한 프랑스 요리를 먹었
다. 싸다. 4,000엔 🌸🌸

시노다가 선택한
나고야 3대 쌀 요리

2014

0822 저녁 〈Tavola Calda MIYAKE〉

허겁지겁한 잔의 프로세코 최고!

프로세코

물론 한 병을 비운다. 눈물이 난다.

고등어마리네, 생물 뱅어, 생물 성게.

스시 전문점에 내놓아도 부족하지 않을 생물을 안주로, 차게 보관한 스파클링 와인을 꾸울꺽 마신다. 미치도록 맛있다. 정말로. 더웠던 여름, 하루의 마무리로 스파클링 와인을.

1년 내내 마시지만.

트리파

33개월 연속 미야케의 트리파. 맛있는 걸 어떡함. 쫄깃쫄깃 사박사박. 정말 맛있다.

오징어먹물 리소토

오랜만에 먹는 검정색 만찬.

예상 외로 맛있다.

내가 생각하는 나고야 3대 쌀 요리 중 하나다. 그리고 다음 두 가지는 오른쪽 페이지의 양고기 비리야니와 요시키의 볶음밥. 오랜만인 것 같군.

오징어는 화살오징어. 이것도 역시 쫄깃쫄깃하군.

나고야고천의 넓적 다리살 숯불구이.

껍질은 바삭, 고기는 쫄깃하고 육즙은 촉촉. 미야케 씨, 이러면 안 돼요. 다른 닭고기를 먹을 수가 없게 됩니다.

피스타치오 젤라토 차갑다.

에스프레소 좋다.

✱✱✱
8,800엔

나고야 3대 쌀 요리를 일주일 동안에 제패한 것은 쾌거라고 할 수 있다.
<Tavola Calda MIYAKE>의 오징어먹물 리소토는 늘 있는 것이 아닌데다가
<간다라>의 비리야니는 금요일에만 먹을 수 있다. 의외로 어렵다.

2014

0822 점심 〈간다라〉

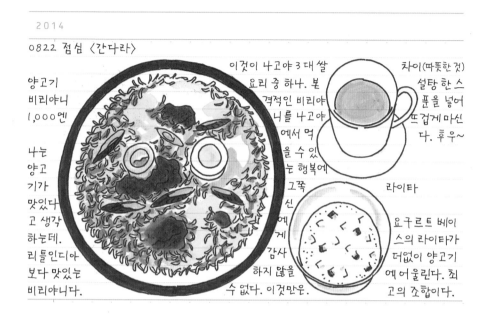

양고기
비리야니
1,000엔

나는
양고
기가
맛있다
고 생각
하는데.
리틀인디아
보다 맛있는
비리야니다.

이것이 나고야 3대 쌀
요리 중 하나. 본
격적인 비리야
니를 나고야
에서 먹
을 수 있
는 행복에
그쪽
신
에게
감사
하지 않을
수 없다. 이것만은.

차이(따뜻한 것)
설탕 한 스
푼을 넣어
뜨겁게 마신
다. 후우~

라이타

요구르트 베이
스의 라이타가
더없이 양고기
에 어울린다. 최
고의 조합이다.

2014

0827 점심 〈요시키〉

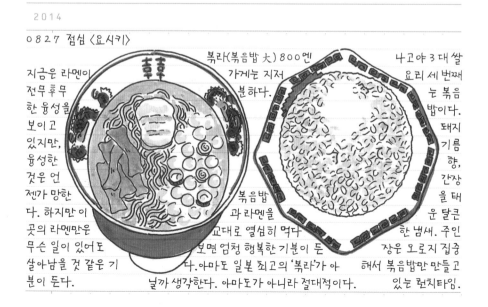

지금은 라멘이
전무후무
한 융성을
보이고
있지만.
융성한
것은 언
젠가 망한
다. 하지만 이
곳의 라멘만은
무슨 일이 있어도
살아남을 것 같은 기
분이 든다.

복라(볶음밥 大) 800엔
가게는 지저
분하다.

볶음밥
과 라멘을
교대로 열심히 먹다
보면 엄청 행복한 기분이 든
다. 아마도 일본 최고의 '복라'가 아
닐까 생각한다. 아마도가 아니라 절대적이다.

나고야 3대 쌀
요리 세 번째
는 볶음
밥이다.
돼지
기름
향.
간장
을 태
운 달콤
한 냄새. 주인
장은 오로지 집중
해서 볶음밥만 만들고
있는 런치타임.

런치 뷔페
1,080엔으로 초밥 24개를 먹다

2014

0905 점심 〈마루코丸후〉

런치 뷔페
1,080엔

액세스
고바야
시 지점
장과 함
께. 요리
사가 직접
만드는 초밥
을 1,000엔+
부가세로 마음껏 먹
을 수 있다니 가성비 최고다.

그림의 두 배를
먹었다.

다마리
간장

색이 칙칙해 보
이는데 다랑어
는 참다랑어 맛
이다.

붉은 미소
시루.
토란
도들
었다.

6 개나 먹었다.
저녁약속도 초밥인데.

삼치구이
소면.
나가하마
의 삼치구
이 소면을
흉내낸 것.
나쁘지 않다.

2015

0709 점심 〈마루코〉

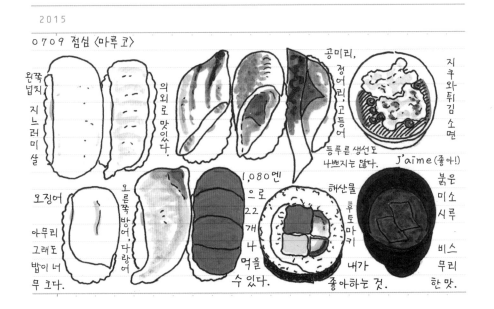

왼쪽
넙치
지
느
러
미
살

의
외
로
맛있었다.

공미리,
정어리,
고등어

등푸른 생선도
나쁘지는 않다.

지
쿠
와
튀
김
소
면

J'aime (좋아!)

오징어

아무리
그래도
밥이 너
무 크다.

오
른
쪽
방
어
·
다
랑
어

1,080엔
으
로
22
개
나
먹을
수 있다.

해산물
후
토
마
키

내가
좋아하는 것

붉은
미소
시루

비스
무리
한 맛

요리사가 직접 만들어주는 초밥을 1,080엔으로 마음껏 먹을 수 있는 보기 드문 식당.
이곳은 초밥뿐만 아니라 지쿠와튀김도 맛있다. 소면에 토핑으로 올려서 먹으면 좋다.
지금도 밥은 큰 편이지만, 이전에는 훨씬 컸다. 거인이 만드나 생각될 정도로.

2015

0820 점심 〈마루코〉

실제로는 왼쪽 아래의 도미와 오른쪽 아래의 오징어는 3개씩 먹었다. 방어, 연어는 2개씩.

런치 뷔페 1,080엔

해산물 후토마키

방어, 다랑어, 오이, 달걀을 꼼꼼하게 말았다.

도미와 방어는 나쁘지 않지만, 딱딱하기만 한 오징어와 훈제연어의 싸구려 맛은 별로였다.

다마리 간장

지쿠와튀김 소면. 한 그릇만 먹는다.

어쩌된 일인지 나는 지쿠와튀김이 좋다.

다랑어는 5개, 정어리는 3개, 삶은 가리비(맛있겠지?) 2개, 붕장어 2개. 다랑어는 가끔 좋을 때가 있는데 오늘은 별로.

붉은 미소시루(미역)

건더기는 미역뿐. 나는 건더기가 많은 미소시루를 싫어한다.

페이지 배열 때문에 처음으로 마루코에 한 페이지를 전부 사용했지만, 역시 조금 아쉽다. 밥이 크고 딱딱하다. 너무 많이 먹지 못하도록 하기 위함일까. 그래도 난 24개나 먹었다고!

식후의 커피 한 잔.

여행사 직원인 까닭에
수학여행의 인솔자로 히로시마에 갔다

2014

1017 아침 〈이와쿠니국제관광호텔〉

염장연어. 딱딱 하다.
그래도 남기지 않겠다.

냉두부

다시마 간장조림

설마 감자샐러드가 이와쿠니의 천연기념물인 백사(白蛇)를 흉내 낸 건 아니겠지.

감자 샐러드

연근 조림 맛있다.

톳 채소 절임

미소시루에 넣은 유바는 좋아한다.

미소 시루

밥

식어서 다시 데워줬다.
따뜻한 것만으로도 맛있게 느껴진다.

아직 인솔자 업무 중. 추가하지는 않는다.

1017 점심 〈야스토미야 安富屋〉

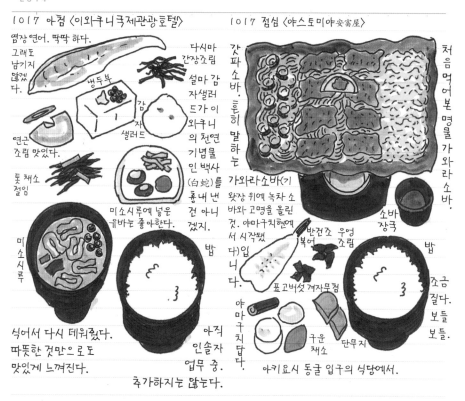

갓파소바. 흐뭇히 말하는

처음 먹어본 명물 가와라소바.

가와라소바(기왓장 위에 녹차 소바와 고명을 올린 것. 야마구치현에서 시작됐다)입니다.

소바 장국

반건초 우엉 복어 조림

밥 조금 질다. 보들보들.

표고버섯 겨자무침

야마구치답다.

구운 채소

단무지

아키요시 동굴 입구의 식당에서.

1017 저녁 〈세레나드 セレナード〉

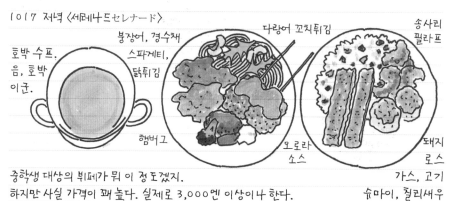

호박 수프.
음, 호박이군.

붕장어, 경수채
스파게티,
닭튀김

다랑어 꼬치튀김

송사리 필라프

햄버그

오로라 소스

돼지 로스 가스, 고기 슈마이, 칠리새우

중학생 대상의 뷔페가 뭐 이 정도겠지.
하지만 사실 가격이 꽤 높다. 실제로 3,000엔 이상이나 한다.

학생들의 반별 자유 활동시간 동안, 굴과 오코노미야키라는 히로시마 최강의
조합을 즐긴다. 맥주를 마시고 있는 다른 손님들에게 자꾸 눈길이 가지만
참자, 참자. 아직 일이 끝나지 않았다.

1018 아침 〈로터스로터스〉

시금치
(생),
경
수
채,
마카
로니샐
러드, 소
시지.

호텔 홋케클럽 히로시마의 조식은
지역소비를 테마로 하고 있
다. 달걀말이에도 삶은
뱅어가 들어 있고.
돼지
물
렁
뼈를
삶은 것
도, 생선살을
반죽해 튀긴 것도 맛있었다.

어묵 미소
시루.
이거,
맛있
다. 고
시히카리
쌀로 지은
밥에는 히로시마 명
물인 히로시마나(배추
의 일종) 절임을 올려서.
이거, 정말 위험하다.

인솔 업무의 마지막 날 아침이 돼서야 느긋하게 아침을 먹을
수 있었다. 달걀말이는 4 조각이나 먹었다. 조식 뷔페가 시작하자마자 들어왔기 때문인지
아직 따뜻하고 맛있었다. 소시지와 마카로니 샐러드는 전혀 히로시마풍이 아니었지만.

1018 점심 〈후쿠쨩福ちゃん〉

굴 오코노미야키
1,250엔

밀가루 반죽, 양배
추, 튀김부스러
기, 숙주, 얇게
썬 돼지고기,
소바, 달걀, 파
래, 대파, 굴의
10층 구조다.
굴은 따로 철판에
구워서 올리는 느낌
인데, 과연 통통하고 맛
있다. 맥주⋯ 마시고 싶다.

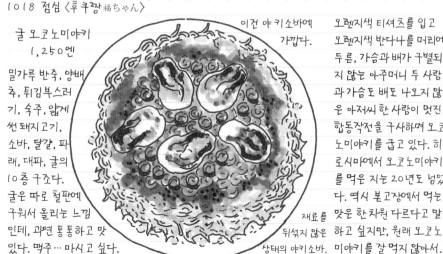

이건 야키소바에
가깝다.

재료를
뒤섞지 않은
상태의 야키소바.

오렌지색 티셔츠를 입고
오렌지색 반다나를 머리에
두른, 가슴과 배가 구별되
지 않는 아주머니 두 사람
과 가슴도 배도 나오지 않
은 아저씨 한 사람이 멋진
합동작전을 구사하며 오코
노미야키를 굽고 있다. 히
로시마에서 오코노미야키
를 먹은 지는 20년도 넘었
다. 역시 본고장에서 먹는
맛은 한 차원 다르다고 말
하고 싶지만, 원래 오코노
미야키를 잘 먹지 않아서.

출장으로 갔던 가나자와에서
현지인들만 아는 인기 맛집에 가다

2015

0909 점심 〈가키센 柿千〉(JR나고야역)

감잎초밥 1,080엔

내가 엄청 좋아하는 음식입니다.

역시 맛있어!

도미는 좀… 초밥은 고등어, 연어, 도미 3종류. 1인분은 고등어가 4개, 나머지는 2개씩. 역시 압도적으로 고등어가 맛있다. 물오른 고등어초밥은 안 그래도 맛있는데 거기에 감잎 향까지 더해졌다. 연어도 그런대로 맛있다.

꼬들

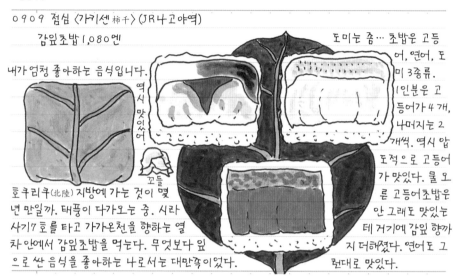

호쿠리쿠(北陸)지방에 가는 것이 몇 년 만일까. 태풍이 다가오는 중. 시라사기 7호를 타고 가가온천을 향하는 열차 안에서 감잎초밥을 먹는다. 무엇보다 잎으로 싼 음식을 좋아하는 나로서는 대만족이었다.

2015

0910 저녁 〈미나모토 源〉(JR가나자와역)

잎을 펼친 샘플

특선이 품절이어서 어쩔수 없이

마스노스시(小) 900엔

사실 나는 마스노스시(송어초밥) 팬이다.

가나자와에서 마스노스시를 먹는 건 좀 그런가 하는 생각도 들었지만. 감잎초밥을 갈 때 먹었고. 초 릿대잎은 이곳이 나을 것 같아서 구입. 오랜만이다.

출장지에서 무엇을 먹을지는 중요하다. 먼저 어디서 무엇을 먹을지를 정한 후에
업무 스케줄을 정한다면 회사에서 한소리 하겠지.

0910 점심 〈아게하あげは〉

사시미는 회살생선 2종류와 초절임 정어리, 아부리(겉만 살짝 태운) 참치.

해산물 만주(이리) 따끈따끈하다.

아게하 정식(해산물 만주 포함). 1,300엔

참치뱃살을 태우는 향기에 눈 말을 잃는다.

가나자와에서 요시다와 점심. 왠지 모르지만 이곳은 내가 골랐다.

해산물 김치. 요것만으로도 홀짝홀짝 술을 마시고 싶어진다.

이리의 감칠맛 듬뿍.

뜨끈뜨끈 고소고소

탱글탱글

사쓰마아게

주문이 들어온 후에 반죽해서 튀긴다.

밑반찬. 고야두부(냉동건조 두부)는 역시 평범한 맛이지만 나는 좋아한다.

밥

남자는 덮밥 그릇에. 추가가 가능하다.

흰살생선 2종류와 등 푸른 생선, 붉은 살을 담뿍 올려 밥에 섞는 행복. 필연적으로 체중은 늘어나지만.

밥 반그릇을 추가해서 해산물 김치를 올리고 국물을 끼얹은 후 고추냉이를 곁들여서 스윽스윽.

미소시루 버섯이 엄청 크다. '가나자와에서는 보통인 모양이야' 하고 요시다가 말했다.

볶음밥을 일곱번이나 먹었다.
타이완에서의 인솔 업무

1125 점심 JL821 IFM

스파게티샐러드,

8년 만에 일본 항공 국제선에 탑승.

고로케 샐라미,

햄버그, 완두콩 콩샐러드, 양상추

하겐다즈 아이스크림 (캐러멜)도 나온다. 물론 메인은 따뜻한 음식.

치킨 바질소스

1125 저녁 〈Lotus Garden〉

새우달걀볶음, 흰살 생선 찜

닭고기볶음, 소고기볶음

차가운 전채 (소고기, 쪽발, 해파리, 잡채)

전채에서는 잡채가, 메인에서는 소고기볶음이 맛있었다. 21년 만의 타이완에서 첫 식사다.

1126 저녁 〈메이쯔 러스토랑 梅子餐廳〉

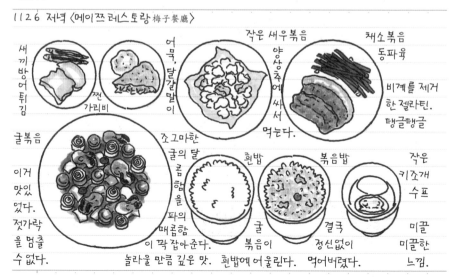

새끼방어 튀김

전 가리비

어묵, 달걀말이

작은 새우볶음

양상추에 싸서 먹는다.

채소볶음 동파육

비계를 제거한 젤라틴. 탱글탱글

굴볶음

이거 맛있었다. 젓가락을 멈출 수 없다.

조그마한 굴의 달콤함을 파의 매콤함이 꽉 잡아준다. 놀라울 만큼 깊은 맛.

흰밥

굴볶음이 흰밥에 어울린다.

볶음밥

결국 정신없이 먹어버렸다.

작은 키조개 수프

미끌미끌한 느낌.

인솔 업무 중에는 끼니를 놓칠 때도 있어서 먹을 수 있을 때 먹어두자는 생각에
열심히 먹는다. 그러다보니 오히려 과식을 해서 살이 찌는 경우도 허다하다.
<딘다이펑鼎泰豐>에서 먹은 볶음밥은 보슬보슬하게 밥알이 살아 있어 특히 좋았다.

2015

1127 점심 <딘다이펑> (타이베이 본점)   1127 아침 <Lotus Garden>

전채 2 품.
공심채볶음.

바지런한여성
의 서비스
에기
분이
좋다.
역시
능숙하
다는 느
낌이다.

본점에 운
좋게 들어
갔다.

스크램블드
에그, 삶
은 달
걀,
고기
를
넣은
구운 떡.

치킨 너겟, 볶음밥

종류도 별
로 없고.
이 호텔
의 조식
은 그저
그렇다.

샤오롱바오

7 개를 먹었
는지 8 개
를 먹었는
지. 여하튼
충분히 즐
겼다. 화학
조미료 무첨
가. 입안에서 살
살 녹는다.

채
썬
생
강

출렁
출렁

젓가락으로 집기가 두려울 만큼 만
두피 안에 육수가 출렁인다. 만두
피는 결코 찢어지지 않는다. 그러
면서도 입안에서 순식간에 녹아든
다. 역시 이곳이 최고인 듯.

듬뿍.
식초와 간장
2:1 로. 없어도 좋다.

쩐만두(생선,
새우, 채소).
팥 샤오롱
바오. 새
우, 돼지고
기 슈마이.
각각 하나
씩 먹었다.
이 중에서는
역시 새우 슈마이

볶음
밥

이번 여
행에서는
볶음밥을 일곱
번 먹었는데, 이곳의
볶음밥이 가장 맛있었다.
산라탕도 고급스런 맛. ✿✿✿

『뉴욕타임스』에서 선정
한 세계 1 0 대 레스토랑
중 하나
인
이유
가 있다.
오랜만에
나고야지
점에도 가
볼까.

산라탕

가 제일이다. 오랜만에 먹었는데
정말로 맛있었다. 어린애 눈속임
같은 냉동식품과는 천지차이다.
팥이 들어간 샤오롱바오도 디저
트로 좋았다.

30년 만에 간 싱가포르
이전보다 음식이 더 맛있게 느껴졌다

2015

0806 점심 SQ671 IFM

싱가
포르
슬링
(2잔)

취기가
돈다.
달콤
하고
마시기
에는 좋은데.

고도 4만
피트. 여름 하늘을 바라보면
서 마신 2잔의 싱가포르 슬
링 덕에 기분은 최고죠. 30
년 만의 싱가포르. 역시 좋
군. Sarong Kebaya.

소바장국은
도요야마에
있는 회사
에서 만든
것. 꽤나 고
집이 있군.

기내
에
서

먹
는
면
은
왠
지
더
맛
있
다.

냉소바는
물로 불어
서 서로 불
어 있기때
문에 소바
장국에 푹
담갔다가
후루룩. 그
런데로 맛
있다.

메인은 일종의 고등어 미소찜. 맛
있다. 고등어가 지금은 고급생선
이지만. 두툼한 고등어가 2조각. 싫하고 물이 올랐다. 기내식으로는 처음.

2015

0806 저녁 〈신스이키 新瑞記〉

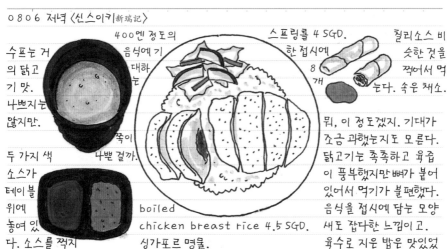

수프는 거
의 닭고
기 맛.
나쁘지는
않지만.

400엔 정도의
음식에 기
대하
는

쭉이
나쁜 걸까.

스프링롤 4 SGD.
한 접시에
8
개

칠리소스 비
슷한 것을
찍어서 먹
는다. 속은 채소.

두 가지 색
소스가
테이블
위에
놓여 있
다. 소스를 찍지
않으면 거의 맹맛.

boiled
chicken breast rice 4.5 SGD.
싱가포르 명물.

뭐, 이 정도겠지. 기대가
조금 과했는지도 모른다.
닭고기는 촉촉하고 육즙
이 풍부했지만 뼈가 붙어
있어서 먹기가 불편했다.
음식을 접시에 담는 모양
새도 잡다한 느낌이고.
육수로 지은 밥은 맛있었
지만.

위생 환경이 조금 신경 쓰이는 식당에서 먹는다. 락사*에 넣는 생물 조개,
호키엔 미의 새우와 오징어도 거의 날것. 두려움에 움찔움찔하면서 먹는 것도
혼자 떠나는 여행의 묘미. 배탈이 나도 자기 책임.

• Laksa, 코코넛밀크를 넣은 쌀국수

0807 아첨 〈CEDELE〉

이거
맛있
습니다.
로즈메리 치
킨 샌드.

당큼한 잼이 어울린다.

사과, 망고,
오렌지,
바나
나,
패션
프루트,
파인
애플.

믹스주스

커피
(레귤러) 이른 아첨
공항에서의 조
식. 달리 문을
연 곳도 없어
서. 웨스턴 스
타일. 내 취향.

전부해서 18.10 SGD

0807 저녁 〈PARIS BAGUETTE〉

고추 범이 클럽샌드위치

역시
묘하게
맵다.

올리브
두 알

쿠알라룸푸르
에서 돌
아왔다. 역시
저녁까지 못 기다릴 것 같아
서 다시 창이공항에서 점
심을 먹는다. 저녁을 생각
해서 가볍게 먹어두었는
데 결과적으로 정답!

에스프레소

두 모금
밖에 들
어 있지 않
았다. 한 모금
에 1SGD라는 거군.
역시
비싸군.

전부해서 9.5 SGD.

공항은

0808 아첨 〈차오저우 피시 볼면 潮洲魚圓面〉

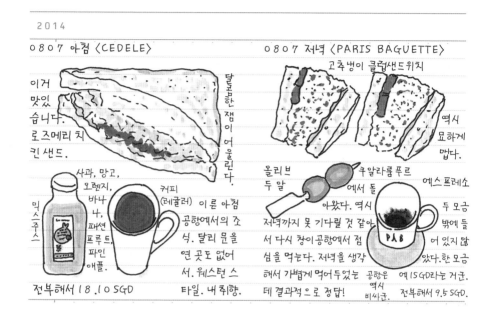

한 번 정도는 호커센터(길거
리음식)를 둘러보고 싶었
다. 호텔 체크아웃을 하
는 아첨. 아무리 그래
도 싱가포르에서 버거
킹(무척 많다)은 아니라
고 생각하면서 근처의
호커센터를 둘러보니 아
첨 8시부터 거의 절반 정도
의 가게가 영업을 하고 있다.
다행이라고 생각하면서 영업하
고 있는 가게를 살펴본다. 죽도 끌
렸지만 이곳은 역시 락사. 락사 3 SGD.

역시 내 입맛에는
맛있다.
성공!

거의
날것인
조개에 조금
떨기도 했지만.

벌써 23년이 되었지만. 아내와
칼리만탄에 갔을 때 쿠칭에서
먹었던 것이 이 락사다. 코코넛
밀크를 베이스로 한 매콤한 국
물의 면 요리인데, 면은 쌀국수.
무척 맛있었다. 싱가포르에서
도 인기인듯. 가볍게 먹을 수
있다. 유명한 가게도 여러 곳
있는 모양이지만, 내게는 이
호커센터의 락사로 충분히 반
갑고 맛있었다. 거의 날것에 가
까운 피조개 비슷한 조개가 국
물의 풍미를 더하는 것이 싱가
포르식이겠지.

카레로서도, 생선요리로서도 더할 나위 없이 맛있는 요리라고 생각했던 피쉬헤드카레.
생선의 몸통은 어떻게 했는지 모르겠지만, 생선 아가미를
맛있게 먹는 것은 일본인뿐만은 아닌 것이다.

2014

0807 저녁 〈MUTHU'S CURRY〉

피쉬헤드카레

대만족. 생선요리로서
도 카레로서도 절품
이다. 오로지 이것을
먹기 위해서라도 올
가치가 있다. 싱가포
르, 다시 봤다. 명물 중
에 맛있는 음식이 많다.

엄청
크군.

가장 작은
22SGD짜리를
시켰는데도 라멘
그릇 두 배는 되
는 크기에 가득
담겨져 나왔다.
두세 명이 먹어도
충분할 것이다.
나도 노력했지만
국물은 조금 남기
고 말았다.

가늘고 긴 쌀

비리야
니라
이스

내가
좋아
하는
음식
이다.

콩가루
센베
?

바삭
바삭

대가리라고 방심하지 말지어다.
생선살이 잔뜩 붙어 있다. 그리고
불 조절이 완벽. 조금 달콤하고 제대
로 맵고 향신료의 향도 더할 나위 없다. 전부해서 32.95SGD.

리틀인디아에서 명물인 피쉬헤드
카레를 먹는다. 바나나잎을 깐 쟁
반 위에 나오는데 무척이나 식욕을
자극한다. 여하튼 오랜만에 실컷
먹은 느낌. 맛있었다. 손으로 먹는
것을 잠깐 시도해봤지만 역시 조금
부끄럽다. 손도 지저분해지고. 하
지만 뭔가 상쾌한 기분도 든다.

가이드북에 역에서 차로 10분이라고 나와 있던 것을 도보 10분으로 착각한 탓에
열대우림 속을 30분이나 걸어서 만난 호키엔 미. 이번 여행은 음식이 좋았다.

0808 점심 〈Geylang Lorong 29〉

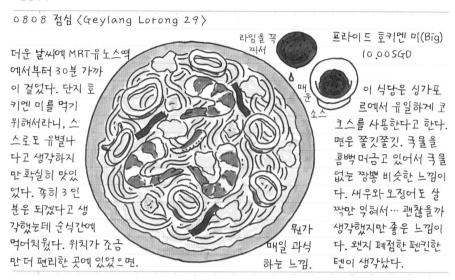

라임을 꼭 짜서

매운 소스

프라이드 호키엔 미(Big)
10.00 SGD

더운 날씨에 MRT 유노스역에서부터 30분 가까이 걸었다. 단지 호키엔 미를 먹기 위해서라니, 스스로도 유별나다고 생각하지만 확실히 맛있었다. 족히 3인분은 되겠다고 생각했는데 순식간에 먹어치웠다. 위치가 조금만 더 편리한 곳에 있으면.

뭔가 매일 과식하는 느낌.

이 식당은 싱가포르에서 유일하게 코크스를 사용한다고 한다. 면은 쫄깃쫄깃. 국물을 흠뻑 머금고 있어서 국물 없는 짬뽕 비슷한 느낌이다. 새우와 오징어도 살짝만 익혀서… 괜찮을까 생각했지만 좋은 느낌이다. 왠지 폐점한 펜킨한 텐이 생각났다.

0808 저녁 〈Sin Min Road〉

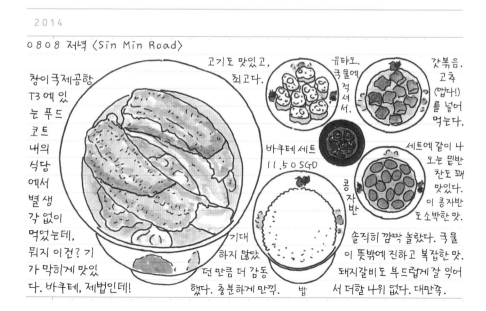

창이 국제공항 T3에 있는 푸드코트 내의 식당에서 별 생각 없이 먹었는데, 뭐지 이건? 기가 막히게 맛있다. 바쿠테, 제법인데!

고기도 맛있고, 최고다.

유타오. 국물에 적셔서.

갓볶음. 고추 (맵다!)를 넣어 먹는다.

바쿠테 세트 11.50 SGD

콩자반

세트에 같이 나오는 밑반찬도 꽤 맛있다. 이 콩자반도 소박한 맛.

기대 하지 않았던 만큼 더 감동했다. 충분하게 만끽.

밥

솔직히 깜짝 놀랐다. 국물이 뜻밖에 진하고 복잡한 맛. 돼지갈비도 부드럽게 잘 익어서 더할 나위 없다. 대만족.

비행기 마니아 시노다
파리 국제항공우주쇼에 가다

2015

0619 점심 〈Salon du Bourget E26〉

Sandwich au jambon et fromage
+ boisson 7.50 EUR

제51회 파리 국제항공우주쇼의 일반인 공개 첫날인 이날에는, 대회장인 르부르제 비행장에 아첨식사를 파는 다양한 노점상이 나와 있었다. 눈에 들어오는 것은 햄버거, 핫도그, 파니노 같은 거였는데, 왜 파리 외곽까지 와서 그런걸 먹어야 하는가 말이다. 전날 밤에는 중화요리를 먹었지만, 이곳에서는 단연코 '샌드위치 오 장봉 에 프로마주'다.

부르제의 잔디밭에 앉아서. 부드러운 아첨 햇살을 받으며 이 프랑스식 바게트 샌드위치를 한입 베어물자, 그제야 내가 파리에 왔다는 것을 실감한다. 전날 밤 먹었던 중화요리를 물리친 듯한 기분도 든다. 아직 조금은 '단가스오'(요리에 관한 책을 많이 쓴 일본작가)가 남아 있지만, 여하튼 바게트가 맛있고, 장봉(햄)이 맛있고, 프로마주(치즈)가 좋아서 한입 한입 베어물 때마다 행복을 느낄 수 있다. 가운데 부분에 버터도 충분히 발라서 풍미를 더해준다. 그리고 의외로 배가 부르다.

2015

0620 점심 〈Salon du Bourget E32 UN AMOUR DE BON BON〉

Galette sarrasin Jambon et
Fromage 7.00 EUR

이틀 연속 살롱 드 부르제다. 실은 어제 『트리뷴』기자석 근처에서 갈레트 노점상을 발견했기 때문에 둘째 날은 이곳에서 먹으려고 결심했었다. 노점상에서 먹을까도 생각했지만, 역시 잔디밭이 기분이 좋을 것 같다. 위치는 약간 다르지만 이틀 연속 잔디밭 위에서의 점심이다. 『트리뷴』의 안내테스크에 엄청 예쁜 금발머리 아가씨가 있었는데 하루 만에 햇볕에 탔는지 이튿날에는 피부가 조금 갈색으로 그을려 있었다.

사실 이 페이지의 글은 콩트르스카프 광장에 있는 카페 델마에서 썼다. 대문호 헤밍웨이가 파리에 있었을 때 다니던 카페가 있던 장소다. 그래서 나도 무심코 문호가 된 기분에 빠져서.

그 모습이 또 괜찮다고 생각. 기념으로 컵을 갖고 싶어서 생맥주(하이네켄)를 단숨에 마셨다.

콩트르스카프 광장에 있는 카페에서 일기를 쓰고 있는데,
에스프레소 리필을 해주러온 소년이 그림을 보고 칭찬해주었다.
'C'est bon'이라는 말 외에는 알아듣지 못했지만.

0619 저녁 〈Chez Nadine〉

토끼
고기
테
린
타라곤

바게트

딱딱한 느낌

와인은 보르도
레드와인
을 드미
(Demi)로
마셨다.
무프타
르 거리
를 오가는 사람
들을 바라
보면서.

파리에 왔으니 제대로 된
프랑스 요리를 먹어야겠다고
생각. 무프타르에 있는
비스트로에 들어간다. 토
끼고기 테린은 인스턴트 캔
수준의 맛이었는데, 원래 이런 걸까. 이 정도면
이 노베가 더 맛있다. 샐러드는 좋았다.

소 정강이살을 레드와인에 넣고 삶은,
너무도 유명한 프랑스 향토요리다. 일본
에도 비슷한 비프스튜가 있지만. 사실
나는 프랑스에서 뵈프 부르기뇽을 먹어
본 적이 없었다. 그래서 무프타르를 헤
맨 끝에 메뉴에 뵈프 부르기뇽이 있는
곳에 들어온 것. 이쯤에서 스테이크타르
타르도 먹고 싶었는데.

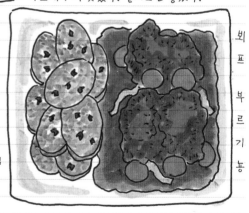

뵈
프

부
르
기
뇽

크렘
캐
러
멜

메
뉴
19.
50
E
U
R

다른 곳에서 먹어본 적이 없어서 비교가 불가능하지만 산
미가 꽤 강한 음식이다. 생각해보면 다량의 레드와인을 넣
고 삶은 것이니까 신맛이 있다고 이상할 것은 없다. 당근
도 새콤했으니까. 고기가 상했던 것은 아닐 것이다. 디저
트인 크렘캐러멜도 보는 대로. 일본에서 말하는 푸딩인
데, 이쪽은 단단한 식감이 있고 농후한 맛이어서 좋았다.

송아지 콩팥요리인 로뇽 드 보를 처음 먹었던 것은, 지금은 없어진
후쿠오카의 <일 드 프랑스>라는 레스토랑이었다. 후쿠오카에서 살지 않았다면
나는 프랑스 요리와는 인연이 없는 인생을 보냈을지도 모른다.

0620 저녁 <L'Opportun>

포치드에그
레드와인
소스

이것도 역시 산미
가 강한 소스
에 달걀이
떠 있다.
밑에는
빵이
있다. 이
건 맛
있다.

샹파뉴 (샴
페인)

와인(Côtes du Rhône)
지하철
을 타고
몽파르나스
역 근처
까지.

식전주는
샹파뉴.
그런데
로 좋다.

일본
에서는
본 적이
없는 요리

수프 같기도 하고, 그다지
부담스럽지도
않고.

로뇽 드 보, 게랑
드 소금.
송아지
콩팥의
절반
(정말?)
을 통째
로 굽기만
한 것. 간은
심플하게 게랑
드 소금만으로. 잘
먹겠습니다! 나는 대
만족이다. 곁들여 나온 매시
트포테이토도 맛있다.

지금 프랑스에서도 내장을 입
수하기가 예전보다 어려워
진 걸까. 아니면 프랑
스인들이 내장을 잘
안 먹게 된 걸까. 하
지만 이 식당에서는
아주 좋은 상등급의
내장을 선보였다.

빵이 엄청나게 맛있다.

산미가
감도는 캄파뉴와
바게트

항공쇼를 보고 호텔로 돌아와 저녁을 어
디서 먹을까 생각하다가, 큰맘 먹고 L'
Opportun까지 오게 되었다. 정말로 좋
은 식당이었다. 프랑스 요리를 만끽할
수 있었고, 안경을 낀 미녀가 프랑스어
로 끝까지 상냥하게 이야기해주었다.
다음에는 커넬을 먹으러 꼭 와야지.

에스프레소

쇼콜
라

전부 해서 52 EUR

6월 21일, 처음으로 먹는 레바논 요리.
신기하게도 쿠스쿠스의 맛이 아내가 해준 치킨라이스와 똑같았다.
여기가 분명히 파리였지, 생각하면서도 왠지 친근하게 느껴졌다.

0621 점심 〈Le Cedre〉

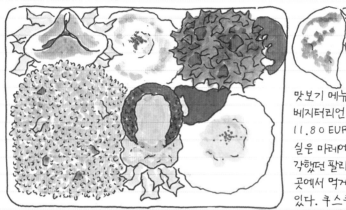

팔라펠은
피타
빵에
싸서.

맛보기 메뉴
베지터리언
11.80 EUR

실은 마레에서 먹으려고 생
각했던 팔라펠을 뜻밖에도 이
곳에서 먹게 되었다. 역시 맛
있다. 쿠스쿠스도 좋다. 푸성
귀가 들어간 새콤한 사모사도
좋아한다.

최근 파리에서 인기라는 레바논 레스토랑에서 맛보기 세트를
먹었다. 아주 맛있군. 만족 만족.

0622 아침 〈Cafe Delma〉

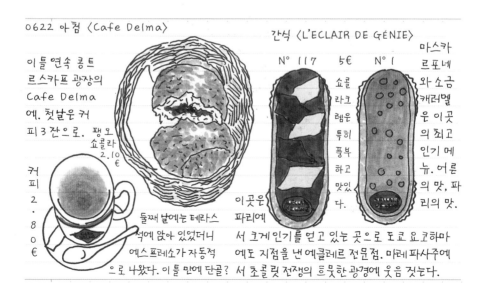

이틀 연속 콩트
르 스카프 광장의
Cafe Delma
에. 첫날은 커
피 3 잔으로. 팽오
쇼콜라
2.10
€

커
피
2
.
8
0
€

둘째 날에는 테라스
석에 앉아 있었더니
에스프레소가 자동적
으로 나왔다. 이틀 만에 단골?

간식 〈L'ECLAIR DE GÉNIE〉

N° 117   5€   N° 1

마스카
르포네
와 소금
캐러멜
은 이곳
의 최고
인기 메
뉴. 어른
의 맛, 파
리의 맛.

쇼콜
라크
렘은
특히
풍부
하고
맛있
다.

이곳은
파리에

서 크게 인기를 얻고 있는 곳으로 도쿄 요코하마
에도 지점을 낸 에클레르 전문점. 마레 파사주에
서 초콜릿 전쟁의 흐뭇한 광경에 웃음 짓는다.

파리 5구 카르티에라탱의 무프타르 거리는 토요일 밤이 가장 번화하다.
이번 파리는 먹고 싶은 음식이 너무 많아서 식당 리스트를 작성하지 못했던 만큼,
수긍할 수 없는 음식을 먹는 일도 있었다.

0621 저녁 〈COLBEH〉

MENU 15.00 EUR

입구 쪽 자리에 앉을 때부터
불길한 예감이 들었지만.

TARAMA

대구인
지 뭔
지의
알을
크림에
버무린
것 같은데.
일단 너무 짜다.

여하튼 처음 먹는 음식
이어서 평가할 방법은 없었지만.
레몬을 짜서
넣었더니 짠맛이 조금
은 중화되길래 피타 빵(?)에 발라서.

정체를 알
수 없는 빵
비스무레한 것.

레드와인은
Côtes du
Rhône
'13 반병
을 13.10€
에 주문.
"Vous voulez
gouter?"라고
묻길래 "Oui"
하고 대답한다.

사람은 왜 피망
을 보면
안에
무언
가를
넣고
싶어
지는
것일
까.

고기와 쌀로
속을 채운 피망.

프랑스어로는
poivron(피망)과
Viandes(고기)와
riz(밥)라고 적혀
있어서. 오랜만에
밥도 좋겠다고 생
각해서 이곳으로 들
어왔다. 일종의 거대
한 피망의 파르시(farci)
는 무척 맛있었다. 보이는 것 그
대로 맛있다는 느낌. 두툼한 피망은 부드럽게 익었
고 속에 든 것도 쌀의 존재감은 별로 없었지만. 토마
토소스의 산미가 편했다. 처음 들어간 이란 아르메니
아 요리 전문점으로서는 완전히 성공이었다. 하지만
수긍할 수 없는 계산서는 크게 불만이었다.

벌꿀
요구
르트

제대로
냉장
시켜서
레어치즈
케이크
같다.

지하철 6호선 에드가키네역에서 내려 몽파르나스타워 쪽으로 조금 가면 있다.
부숑에서 리옹의 맛을 만끽. 벌써 두번째 방문이다.
프랑스에도 마음에 든 레스토랑이 생겼다.

2015

0622 저녁 〈L'Opportun〉

terrine
maison

파리에서
먹는 정
통 테린
의 맛에
대감동.

피클 무한
리필

이날 안경 미녀
는 없었지만 첫
접시부터 엄청
나게 행복해진다.

Beaujolais
Village
(46 cl)

역시 부숑이니
까 보졸레를 마
시지 않을 수 없지.
싸지만 의외로 맛있다.
벌컥벌컥 마셔버렸
다. 파리의 마지막
밤이 끝나간다.

느끼할
것 같
지만
빵이
맛있
어서
나도 모르
게 우걱우걱.

quenelle

명물인
노
던
파
이
크
커넬.

따끈따끈하고 몽글몽글한
것을 한 스푼 떠서 소
스를 잔뜩 묻힌 후
입으로 가져간다.
입에 넣기 전에
낭투아소스의 농
후한 향기가 코
를 간지럽힌다.
부드럽고 따끈따
끈한 커넬은 리옹
명물요리. 후-후- 불
어가며 먹는다.

낭
투
아
소
스
와
밥
이
잘 어울린다.

더없이 고급스러운 맛이다. 생선살
이 이렇게 고급스러운 요리가 되는
것이다. 낭투아소스도 짜지 않고 부
드럽다. 이 고급스러운 소스에 밥을 투
입해서 마구 뒤섞어 더없이 저급하게 먹는
다. 합리적인 가격 38.50 €

쇼콜라와
에스프레소

마치며

내가 초등학교 6학년생일 때 돌아가신 큰아버지는 입버릇처럼 "다른 사람과 똑같은 일은 하지 마라"라고 말씀하셨다. 큰아버지의 영향을 강하게 받은 사람은 나보다 다섯 살 많은 사촌형이었고, 그 사촌형은 또 내 성장기에 큰 영향을 준 인물이어서, 결과적으로 나도 큰아버지의 신념에 물든 셈이다.

그렇게 성장한 나는 무엇보다 다른 사람과 똑같은 것을 싫어하는 사람이 되었다. 다른 사람보다 뛰어나지 않아도 좋지만 다르고 싶었다. 하지만 '모난 돌이 정을 맞는다'고 했듯이, 일본의 샐러리맨 생활에서는 곤란한 일이기도 했다.

자신이 먹은 음식을 일러스트와 함께 매일 기록한다는 해괴한 짓을, 25년 동안이나 지치지도 않고 지속할 수 있었던 이유는 그런 사람이기 때문이다. 지금의 내 나이보다 젊었을 때 돌아가신 큰아버지가 디지털 시대의 흐름에 역행하는 듯한 이 노트를 보면 과연 뭐라고 하실까.

정중하게 양해를 구하지만, 이 책은 가이드북이 아니다. 얼굴에서 쓸 만한 부분은 눈과 치아뿐이며, 머리도 나쁘고 혀도 코도 바보에 가깝다. 더구나 남의 말을 들을 줄 아는 귀도 갖고 있지 않다. 이런 내가 노트에 아무렇게나 휘갈겨놓은 것 따위를 절대로 있는 그대로 믿는 일이 없기를 바랄 뿐이다.

시노다 나오키

篠 田 直 樹

샐러리맨 시노다 부장의 식사일지

1판 1쇄	2018년 4월 10일
1판 2쇄	2018년 4월 20일

지은이	시노다 나오키
옮긴이	박정임
펴낸이	정민영
책임편집	임윤정
편집	김소영
디자인	강혜림
마케팅	정민호 이숙재 정현민 김도윤 오혜림 안남영
제작처	영신사

펴낸곳	(주)아트북스
브랜드	앨리스
출판등록	2001년 5월 18일 제406-2003-057호
주소	10881 경기도 파주시 회동길 210

대표전화	031-955-8888
문의전화	031-955-7977(편집부)	031-955-3578(마케팅)
팩스	031-955-8855
전자우편	artbooks21@naver.com
트위터	@artbooks21
페이스북	www.facebook.com/artbooks.pub

ISBN 978-89-6196-322-0 03830

• 이 도서의 국립중앙도서관 출판예정도서목록(CIP)은
　서지정보유통지원시스템 홈페이지(http://seoji.nl.go.kr)와
　국가자료공동목록시스템(http://www.nl.go.kr/kolisnet)에서 이용하실 수 있습니다.
　(CIP제어번호: CIP2018009305)